Harald Berger

7 kurze Geschichten

© 2017 Harald Berger

Verlag: tredition GmbH, Hamburg

ISBN Taschenbuch: 978-3-7439-2550-2 (Paperback)
ISBN Hardcover: 978-3-7439-2551-9 (Hardcover)
ISBN e-Book: 978-3-7439-2552-6 (e-Book)

Bibliografische Information der Deutschen Nationalbibliothek: Die Deutsche Nationalbibliothek verzeichnet diese Publikation in der Deutschen Nationalbibliografie; detaillierte bibliografische Daten sind im Internet über http://dnb.d-nb.de abrufbar ist. Aus drucktechnischen Gründen kann es sein, dass Farbseiten im Ausland als schwarz-weiß gedruckt werden. Hierauf haben wir leider keinen Einfluss.

Verilog: tredition GmbH, Hamburg

Printed in Germany

Der Autor wurde 1954 in Frankfurt am Main geboren. Dort besuchte er die Schule, die er mit der mittleren Reife abschloss. Danach erlernte er den Beruf des Reproduktionsfotografen in einer Frankfurter Druckerei. Nachdem er sich als Zeitsoldat bei der Bundeswehr verpflichtet hatte, ging es in die fliegerische Ausbildung an der Heeresflieger Waffenschule in Bückeburg. Leider musste er dann, nach relativ kurzer Zeit, sein Laufbahnziel aufgeben und er entschied sich dafür, nach 15 Monaten Grundwehrdienst wieder in seinen erlernten Beruf zurück zu kehren. Das war am Anfang der 80er Jahre und auch die Zeit, in der er mit dem Schreiben begann, zwar nicht sehr konsequent, aber immer wieder zog es ihn zurück an seine erste Geschichte. Mit der Zeit gesellten sich dazu diverse Kurzgeschichten, und ein zweiter Roman entstand, aber auch diese Texte verschwanden bis auf weiteres im Schreibtisch des Autors. Bis eines Tages, nach der Lektüre des ersten Romans eine Leserin so lange auf ihn einredete, mit Sätzen wie z. B: „ So etwas darf doch nicht bei dir im Schreibtisch vergammeln, das musst du veröffentlichen.", bis er endlich damit anfing einen passenden Verlag zu suchen.

Ich bin sicher, nun hat er ihn gefunden.
Zurzeit lebt der Autor in der wunderschönen Südpfalz zusammen mit seiner Frau und dem Parson Russel Terrier „Cooper".

Inhaltsverzeichnis

Regnum

1. Teil

Endlich war ein Parkplatz in Sicht. Von dort waren es nur noch wenige Schritte bis zur Dippemess', einem der größten Volksfeste Frankfurts. Wegen der schon tagelang anhaltenden, kühlen und regnerischen Witterung war der Festplatz nicht besonders gut besucht. Armin und Dagmar blieben kurz stehen und kauften eine Tüte gebrannte Mandeln. Die Nacht hatte sich bereits über die Stadt gelegt, der Vollmond strahlte in seiner ganzen Pracht zwischen den Wolkenfetzen hervor.

Sie lenkten ihre Schritte auf die große Achterbahn zu. Beide sahen sich kurz an, nickten und gingen zu dem kleinen Kassenhäuschen, um Fahrchips zu erwerben. Die Menschenschlange, an die Sie sich anstellen mussten, war nicht besonders lang.
Sie nutzen die Zeit, um sich die Anlage genauer anzusehen. Drei große Loopings bildeten das Herzstück der Anlage. Im letzten Abschnitt durchfuhren die Wagen einen Tunnel, in dem grelle Lichtblitze und künstliche Nebelschwaden die Passagiere blendeten und irritierten. Dabei wurden die Wagen extrem abgebremst. Jedes Mal, wenn ein Wagen mit Donnergetöse in diesem Tunnel einfuhr, hörte man erschrockene Schreie einiger Passagiere. Armin erwarb zwei blaue Fahrchips an der Kasse. Anschließend schloss die junge Kassiererin das kleine Fenster und zog einen dunklen Vorhang vor.
Als Sie noch auf die nächste freie Fahrt warteten, legte man hinter ihnen eine kleine Kette vor, mit der die

Beendigung des Fahrbetriebes für diesen Tag anzeigt wurde.

Vor ihnen fuhr ein voll besetzter Wagen los. So mussten sie auf den nächsten Wagen warten, den sie dafür auch alleine benutzen konnten. Beim Einstieg kam einer der Hilfskräfte auf Sie zu und war Ihnen beim Schließen der Sicherheitsbügel behilflich. Seine Wangenknochen zeichneten sich im hageren Gesicht scharf ab, aus den dunklen Augenhöhlen blitzten sie Augen an, die sie förmlich durchbohrten. Mit tiefer, dunkler Stimme und einem harten, slawischen Akzent fragte er:

„Wollen Chips für Rückfahrt? "

Armin sah in schmunzelnd an und fragte:

„Eine Rückfahrkarte? Wozu brauche ich die denn?"

Hastig sah sich der Mann um und kam mit seinem Kopf ganz nahe an Armin heran.

„Nimm Chips," sagte der Mann leise in einem ernsten Ton, „du seien froh, wenn du nach Fahrt Chips haben."

Mit diesen Worten zog er Armins Hand zu sich heran, legte ihm zwei rote Chips in die Hand und drückte ihm die Finger zu.

„Geben ein Chip jetzt gleich Frau, ganz wichtig," sagte er und deutete dabei auf Dagmar.

„Fahren morgen, gleiche Zeit wieder hier. Aber nix zu spät, sonst Chips kaputt, verstehen. Nix vergessen.... Chips kaputt, wenn Du......."

„Alles in Ordnung, Igor?" kam eine Stimme von einer Person, die hinter Igor stand.

Igor wurde blass und begann an der bereits geschlossenen Sicherheitsstange zu nesteln, welche die Passagiere im Wagen festhält, damit niemand während der Fahrt herausfallen kann.

„Igor muss nur Sicherheit überprüfen. Jetzt alles ok, Chef." Dabei drückte er Armin's Hand mit den Chips nach unten, rüttelte an dem Sicherheitsbügel und wandte sich ab mit den leise gezischten Worten:

„Geben ein Chip Frau, wichtig."

Ein Hüne von Mann hatte diese Szene beobachtet und wechselte nun noch ein paar Worte mit Igor, als der Wagen mit Armin und Dagmar mit einem Ruck anfuhr.

Nach wenigen Metern klinkte der Wagen automatisch in die Förderkette ein und wurde eine steile Rampe nach oben in den Nachthimmel gezogen. Armin steckte die zwei roten Chips in seine äußere Jackentasche. Er schlug den Kragen hoch, denn es blies ein unangenehm kühler Wind dort oben. Dann griff er nochmals in die Tasche und gab Dagmar einen roten Chip mit den Worten:

„Wenn es so wichtig ist, dann nimm Du auch einen."

Dagmar behielt ihren Chip in der Hand.

Am höchsten Punkt der Bahn rollte er ein kleines, flaches Stück, um dann im steilen Winkel nach rechts vorne abzukippen. Rasant nahm der Wagen Fahrt auf, schoss in die Tiefe, um gleich danach wieder nach oben zu rasen. Oben angekommen wurde der Wagen durch den Schienenstrang brutal nach rechts gerissen, fuhr ein Stück geradeaus, um dann ins nächste Achterbahntal zu stürzen. Wieder ging es sehr weit hinauf, um dann Anlauf zu nehmen für die Loopings. Nach den drei Überschlägen, während deren Dagmar übermutig juchzte, ging es nach einem kurzen bergauf wieder abwärts in eine enge Spirale und schon schoss man in den Tunnel. Markerschütterndes Geschrei ertönte, Blitze zuckten und Nebelschwaden ließen keine Sicht zu.

Die Köpfe der beiden nickten nach vorne, als die Wagen abgebremst wurden. In einem mäßigen Tempo rollten sie aus dem Tunnel zurück zum Ausgangspunkt der Fahrt.

„Schön war's", sagte Dagmar und gab Armin einen Kuss auf die Wange.

„Und was mache ich hiermit?" fragte Sie und hielt den roten Chip hoch.

„Ich frage jemand, was wir damit machen sollen," sagte Armin.

Mit einem lauten Knacken öffnete sich die Verriegelung des Sicherheitsbügels. Beide standen auf und verließen den Wagen. Armin sah sich um, ob er den hageren Igor irgendwo erblicken konnte. Fehlanzeige. Auf dem Weg nach draußen kamen sie an der Rückseite des Kassenhäuschens vorbei. Dort stand angelehnt die junge Kassiererin im Gespräch mit den Hünen, der vorhin Igor angesprochen hatte.

„Entschuldigen Sie bitte, ich...."

„Siehst du nicht, dass Du störst?" fauchte die Kassiererin Armin an.

„Aber ich wollte doch nur... ."

„Verpiss dich, Du alter Bock. Was treibst Du dich überhaupt hier herum, hä?"

„Also hören Sie mal, das muss ich mir nun wirklich nicht..."

Eine Ohrfeige klatschte in Armins Gesicht. Sofort ging der Hüne dazwischen.

„Lass ihn in Ruhe, er hat Dir nichts getan."

„Warum läuft dieser Grufti hier einfach herum und provoziert mich?" schrie die Furie.

Draußen blieben schon mehre Gruppen Jugendlicher stehen und verfolgten die Szene.

Der Hüne drehte sich zu Armin herum, wobei er mit seinem riesigen Körper die kampfbereite Amazone verdeckte.

„Gehen Sie," sagte er in ruhigem Ton, „gehen Sie, schnell."

Sein Blick fiel auf Dagmars Hand, die diese gehoben hatte, um auf den Chip aufmerksam zu machen. Kurz zeigte sein Gesicht ein Erstaunen, dann sagte er leise:

„Gehen Sie schnellstens zu Ihrem Wagen, fahren Sie nach Hause und bleiben Sie dort. Und das da," dabei deutete er auf den Chip, „hüten Sie wie Ihren Augapfel und bringen ihn morgen Abend wieder mit."

Mit lauter Stimme fügte er hinzu:

„Und nun gehen Sie."

„Aber ich denke nicht daran, mich..."

Weiter kam Armin nicht. Der Hüne hatte in blitzschnell mit seiner rechten Hand an seiner Jacke vor der Brust gepackt und zog nahe an sich heran. Er raunte ihm zu:

„Es ist nur zu Ihrem Schutz. Glauben Sie mir. Nehmen Sie das jetzt nicht persönlich. Und um Gottes Willen, wehren Sie sich nicht, was auch immer in den kommenden Stunden geschieht."

Die Pranke vor seiner Brust zog ihn hoch, dass Armin fast den Boden unter seinen Füßen verlor.

Mit lauter Stimme sagte der Hüne:

„Hast Du nicht gehört, was die Dame gesagt hat. Verpiss Dich, du alter Bock."

Armin schwieg.

„Du wirst Dich bei der Dame entschuldigen, Alter. Los, entschuldige Dich."

„Wofür soll ich mich entschuldigen?" fragte Armin kleinlaut

„Also hören Sie mal," schrie da Dagmar, „sie können doch nicht meinem Mann..."
„Halts Maul, Oma, sonst bekommst Du eine Abreibung, die Du nie wieder vergisst," knurrte der Hüne.
„Ja, Olaf, zeig es den Alten. Mach sie platt," feuerte die Kassiererin mit schriller Stimme an.
„Los, entschuldige Dich," dröhnte Olaf zu Armin gewandt.
„Entschuldigung," sagte Armin leise
„Wie bitte, ich kann Dich so schlecht verstehen, Opa, geht das nicht lauter.".
„Entschuldigung," sagte Armin laut vernehmlich.
Der Hüne stelle ihn auf den Boden.
„Na bitte, es geht doch," sagte er.
„Olaf, du wirst doch diesen Alten nicht einfach so davon kommen lassen?" keifte die junge Frau.
„Lass ihn in Ruhe," sagte der Hüne und zu Armin gewandt brüllte er:
„Verpiss dich, aber schnell, bevor ich es mir anders überlege."
Armin sah rasch zu Dagmar, die mit entsetzter Mine alles beobachtet hatte. Beide verließen so schnell sie konnten diesen schrecklichen Ort.
Außer Sichtweite der Achterbahn richtete Armin seine Kleidung etwas, steckte sein Hemd wieder in die Hose.
Komisch, alle Vorbeikommenden musterten sie argwöhnisch, ja fast wurden sie wie Exoten begafft.
„Na Opa, ist die Hose zu weit?" lästerte ein Jugendlicher im Vorübergehen, als er die letzten Reste seine Hemdes wieder verstaute. Armin schenkte sich eine Antwort.
Hastig gingen sie weiter zum Auto. Drinnen ließen sie sich mit einem lauten Seufzer in die Sitze fallen.
„Habe ich das geträumt?" fragte Armin.

„Ich glaube, ich bin in einem schlechten Film," sagte Dagmar.

Beide schwiegen, als Armin das Fahrzeug aus der Seitenstraße in den fließenden Verkehr lenkte. Dagmar schaltete das Radio ein. Der lokale Sender FFH brachte gerade Nachrichten. Es war fünf Minuten vor 22 Uhr. Nur Wortfetzen drangen in Armins Bewusstsein vor: Der Bundestag in Magnau hat heute....... Bundeskanzler Mober empfing den Ministerpräsidenten von Rohland im Bundeskanzleramt..... Die wirtschaftlichen Beziehungen zwischen Sonland und Mustria sollen weiter intensiviert werden.. Die Alpenrepublik will im kommenden Jahr das Handelsvolumen um......

Armin hörte genauer zu.

Bei einem schweren Verkehrsunfall auf der Bundesstrasse 8 in der Nähe von Aschaffenburg kam heute Nachmittag eine 28 jährige Mutter mit ihrem 2 jährigen Sohn ums Leben. Wie die Raschener Landespolizei mitteilte, hatte ein 51 jähriger Mann das Fahrverbot für alte Menschen ignorierend die Kontrolle über sein Fahrzeug verloren und war frontal mit dem entgegenkommenden......

„Ein was????? Ein Fahrverbot für alte Menschen??" fragte er laut und sichtlich schockiert.

„Hast Du davon schon einmal gehört?"

Dagmar schüttelte nur schweigend den Kopf.

Die Stimme aus dem Radio fuhr fort:

„Der Täter wurde bereits dem Haftrichter vorgeführt. Dieser hat entschieden, dass ihm zunächst wegen Verstoßes gegen das Altenfahrverbotes und dem Vernichten zweier junger Leben alle medizinischen

Leistungen vorenthalten werden. Wenn diese Maßnahme nicht zu seinem baldigen Tode führt, was nach Meinung der Ärzte aufgrund seiner Verletzungen sehr unwahrscheinlich sei, wird ein Gericht über die weitere Verwendung dieses Alten in einer Altensammelstelle entscheiden. Dies ist der erste schwerwiegende Verstoß in Bundesland Raschen seit der bundesweiten Einführung des Altenfahrverbotes. Bereits im Frühsommer wurden in Tysau in der Nähe von Jever zwei uneinsichtige 50 jährige von der Polizei aufgegriffen, als sie versuchten, einen PkW zu besteigen."

Er sah kurz zu Dagmar. Ihr lief eine dicke Träne über die Wange.

„Liebling, Kleines, nicht weinen. Das ist sicher alles nur ein dummer Scherz......"

„Das glaubst du nicht wirklich, oder?" sagte sie mit tränenerstickter Stimme.

„Hast Du dich mal umgesehen. Vorhin auf der Rummelplatz, hier in den Autos. Nur junge Menschen, wohin man sieht. Und jeder schaut uns komisch an. Armin, ich habe Angst. Irgendwas ist passiert. Die komischen Nachrichten im Radio, die Szene auf der Dippemess'.....

Ich habe Angst, Armin."

2. Teil

Selbst Dagmar hatte entgegen sonstiger Gepflogenheiten um einen Cognac gebeten, als Armin sich selbst einen kräftigen Schluck einschenkte. Sie saßen schweigend im Wohnzimmer. Das war zu viel für sie. Nicht nur das Erlebnis auf dem Rummelplatz, das angestarrt werden auf dem Weg zum Auto und während der Fahrt waren angsteinflößend. Absolut unverständlich war für sie die Tatsache, dass sie sich zwar in ihrer eigenen Wohnung befanden, aber einige Veränderungen sie fast um den Verstand brachten. Als sie die Wohnungstür öffneten spürten sie, dass sich diese viel schwerer bewegen lies als sonst. Im offenen Türrahmen sah man, dass die Tür mit schweren Stahleinsätzen verstärkt war. An der Innenseite befanden sich drei schwere Stahlriegel, die quer über das Türblatt verliefen und seitlich eine feste Verbindung mit dem Mauerwerk ergaben, sobald man den Schließmechanismus betätigte. Die Schlüssel steckten im jeweiligen Riegel. Daneben lehnte an der Wand eine Pumpgun mit einem Kaliber, das vermutlich schon fast als panzerbrechend zu bezeichnen war. Sie wagten es nicht, die Waffe anzufassen. Die Wohnungseinrichtung war unverändert, allerdings schimmerte es an den Fensterscheiben ungewöhnlich. Glitzernde, kreisrunde Gebilde, von denen sternförmig dünne Strahlen nach außen verliefen. Bei näherem Hinsehen und öffnen der Fenster....mein Gott, wie schwer das ging...tatsächlich, es war Panzerglas und die sternförmige Gebilde sahen einem nicht durchgedrungenen Geschosseinschlag verdammt ähnlich.

13

Der Cognac erzeugte ein gutes, warmes Gefühl im Magen. Beide schwiegen. Nachdem sie die Gläser zur Hälfte geleert hatten, sagte Armin:

„Sag mir bitte, ich soll aufwachen."

„Das würde ich gerne," antwortete Dagmar leise und resignierend.

„Wie können wir herausfinden, was mit uns geschah?"

„Ich habe keine Ahnung," war die wenig hilfreiche Antwort.

„Irgendwie müssen wir einen Ansatzpunkt finden. Nur wie und wo? Soll ich bei unseren Nachbarn klingeln und fragen?"

Dagmar riss die Augen angsterfüllt auf:

„Lass bloß diese Tür zu. Ich mache keinen Schritt von hier weg. Du weißt nicht, was dich dort erwartet."

Armin nickte:

„Vermutlich hast Du Recht. Aber irgendwie müssen wir herausfinden, was hier vor sich geht."

Armin grübelte noch einen Moment. Dann sprang er auf, ging zum Fernsehgerät und schaltete es ein. Im Ersten lief ein Film über die Tierwelt des Amazonas. Er zappte weiter und weiter. Die Programme waren wohlvertraut. ARD, ZDF, SAT1, RTL , all die anderen Privatsender und alle 3. Programme der öffentlich rechtlichen Sender. NTV und N24 gab es auch, alles war so vertraut.

Nach knapp 3 Stunden intensiver TV-Recherche hatten beide eine Ahnung davon, wie die Welt da draußen vor der Stahltür und dem Panzerglas offensichtlich aussah. Für beide nicht zu verstehen, wieso es plötzlich so war, aber die über die Mattscheibe flimmernden Fakten sprachen für sich. Tiefe Sorge, Verzweiflung und Angst erfasste beide. Erst mit einer gewissen Verzögerung stellten beide fest, dass die altbekannte ARD nun ARS und das ZDF nun ZSF hießen. Aber selbst das passte nun in das Weltbild, das man im Schnellkurs erfahren hatte. Nach der ersten Stunde Zappen nahmen sie sich einen Schreibblock zur Hand und notierten Stichworte. Irgendwann legten sie die Notizen weg und lehnten sich todmüde und gleichzeitig bis unter die Haarspitzen erregt zurück. Das Bild, dass sich beiden bot, war nahezu unbeschreiblich.

Deutschland gab es in der Form, wie sie es bis zum Mittag dieses Tages kannten, nur noch annähernd. Das Land hieß nun Sonland. Es bestand aus 10 Bundesländern. Die Hauptstadt Magnau lag im Bundesland Oberachen im Osten der Republik an der gleichen Stelle, an der sich Berlin befindet. Die geografischen Umrisse Sonlands entsprachen dem Deutschland, das sie kannten. Es gab die Alpen und es gab Meer im Norden, Nord- und Ostmeer genannt. Die offensichtlichen Problembundesländer in wirtschaftlicher Hinsicht lagen im Westen und hießen Tysau im Norden, südlich daran schloß sich West-Scheman an und daran im Süden bis zu den Alpen Raschen, in dem sich auch Frankurt befand. Den Abschluss im Westen bildete Sanderburg, dem Armenhaus der Nation. Das verrückte dabei, fast alle Ortsnamen, die sie hörten und lasen, entsprachen denen des Deutschlands, dem sie entstammten.
Die östlichen Bundesländer dagegen verzeichneten einen offensichtlich historisch bedingten Wohlstand. Oberachen mit Magnau als politisches und wirtschaftliches Zentrum ganz Sonlands, war das östlichste Bundesland, das an Sonlands östlichsten

Nachbarn Rohland grenzte. Im Norden schmiegte sich Ost-Scheman an das Ostmeer. Hisken war von Nord- und Ostmeer umschlungen und grenzte an Sänemark, dem nördlichen Nachbarstaat. Im Westen grenzte an Oberachen das Bundesland Neukund mit der Landeshauptstadt Magdeburg und im Süden folgte der schmale Streifen von Briman mit der Landeshautstadt Dresden, dem kleinsten Bundesland mit einer gemeinsamen Grenze zum Sudetenland mit seiner Hauptstadt Prag.

Der westliche Nachbar Reederlande hatte die Grenze zu Sanderburg vor einer Woche geschlossen, da es immer häufiger zu Übergriffen älter Sonländer gekommen war. Ältere Sonländer ! Es wurden festgenommene Menschen gezeigt, die alle in Armin's Alter waren. Mit seinen knapp 51 Jahren fühlte sich Armin keineswegs als alter Mensch. Aber in dieser „neuen" Realität war es offensichtlich so.

Sie erfuhren erneut von einem Fahrverbot für Menschen ab 50 Jahren, hörten vom wirtschaftlichen Schaden, welches das Heer der über 50 jährigen jedes Jahr Sonland zufüge. Sie hörten Pläne zur radikalen Streichung von Unterstützungsmaßnahmen für ältere Menschen wie Rente, medizinische Versorgung, häusliche Pfleg oder ähnlichem.

Es wurde davon abgeraten, nicht mehr in Läden Älterer einzukaufen. Von Mitbürgern wurde mit keinem Wort mehr gesprochen. Vielmehr ging es darum, den größten Fehler der Vergangenheit, den Irrsinn des Generationenvertrages, zu korrigieren.

Die flammende Rede eines jungen Politikers um die Dreißig namens Anton Mittler, der für eine Partei JFS, der Jungen Front Sonland sprach, liesen Armin und Dagmar erstarren.

Unter dem Jubel und Beifall mehrerer tausend Zuhörer bei einer Großkundgebung forderte er mit dunkler und das R hart rollenden Stimme, das Übel des schmarotzende, alten Ungeziefers mit Stumpf und Stiel auszurotten.

„Was wollen wir mit Kreaturen, die keinen Nutzen für die Allgemeinheit darstellen, sondern sich auf unsere Kosten ein bequemes Leben machen? Wir alle müssen dafür hart arbeiten, dass diese Schmarotzer Golfplätze und Kreuzfahrtschiffe Tag für Tag überfüllen und dafür sorgen, dass das Durchschnittsalter in den Urlaubsorten deutlich über 55 liegt."

Die Arbeitslosenstatistik würde es schließlich beweisen, dass mehr als 80 Prozent des Arbeitslosenheeres Drückeberger von 50 Jahren und älter seien. Milliarden werden jährlich in Form von Rentenzahlungen vergeudet. Selbst solche, die es nicht einmal als ihre vaterländische Pflicht angesehen hätten sich zu reproduzieren, machten sich ein fettes Leben auf Kosten der Allgemeinheit. Wenn man sich die Gesundheitsstatistik ansähe, so würde noch deutlicher, wer für die explodierten Kosten in der Vergangenheit und somit für den wirtschaftlichen Niedergang die Verantwortung trage. Damit muss Schluss sein.

„Sollen sie doch ihre Rheumadecken und Pülverchen selbst bezahlen und nicht das Sonländische Volk dafür bluten lassen. Warum sollen wir uns das gefallen lassen, liebe Freundinnen und Freunde? Sollten wir nicht hergehen, und uns selbst darum kümmern, es selbst in die Hand nehmen, und diesem Spuk ein Ende bereiten?"

„Jaaaaa", kam es tausendstimmig zurück.

„Wollt ihr die totale Befreiung von dieser alten Pest?"
Ein ohrenbetäubender Schrei, ein JA aus mehreren tausend Kehlen mit tosendem Beifall war die Antwort. Mit stolzgeschwellter Brust stand Mittler da, sah auf die Menge hinab und strich sich theatralisch eine Haarsträhne aus der Stirn.
Armin und Dagmar lief es eiskalt den Rücken hinab.

Anschließend beschimpfte Mittler noch Bundeskanzler Mober, der doch nur eine Marionette reicher, alter Schmarotzer sei. Frenetischer Beifall war die Reaktion.
Auf NTV lief ein Interview mit Bundeskanzler Mober, der die ständigen Hetzreden Mittlers gegen gewisse Bevölkerungsgruppen missbilligte. Allerdings argumentierte Mober in einer so schwachen Form, dass man an der Aufrichtigkeit seiner Worte zweifeln musste.
Im weiteren Verlauf des Abends erfuhr man, dass es seit zwei Monaten sogenannte Altensammelstellen gab, in die auffällig gewordene, ältere Menschen zwangseingewiesen wurden. Bilder davon sah man nicht.
Seit dieser Einführung ist es auch für jeden Bürger mit der Beendigung seines 50. Lebensjahres Pflicht, auf der linken Brustseite deutlich sichtbar einen kreisrunden, gelben Aufnäher mit seinem Geburtsjahrgang zu tragen.
Verstöße dagegen würden nach der Übergangsfrist von 3 Monaten, in der nur eine mündliche Verwarnung ausgesprochen werde, mit der Zwangseinweisung in eine Sammelstelle und mit der Zwangsenteignung bestraft.

Armin und Dagmar zucken zusammen. Sie saßen auf der Couch, Dagmar hatte ihren Kopf auf Armin's Schulter gelegt und beide waren eingeschlafen, als es klingelte. Sie wussten nicht, wie oft es schon geläutet hatte, bevor sie den Ton im Unterbewusstsein registrierten und erwachten. Es klingelte immer wieder.

Armin ging zur Tür und sah durch den Türspion. Vor der Tür standen Klaus und Inge, die Flurnachbarn.

„Armin, mach auf, wir sind's, Inge und Klaus," hörte er Klaus mit leiser Stimme rufen.

„Was wollt ihr hier, mitten in der Nacht?" rief Armin zurück.

„Wir hörten, das ihr noch das Fernsehgerät laufen habt. Wollt ihr uns alle ins Unglück stürzen?"

„Ins Unglück, wieso das denn?"

„Frag nicht so blöde, und mach auf. Wir müssen mit euch reden."

Selbstverständlich kannte er Klaus und Inge. Man hatte ein gut nachbarschaftliches, ja fast freundschaftliches Verhältnis miteinander. Beide waren gleichaltrig. Klaus und er Jahrgang 1954, also gerade 50 geworden und Inge und Dagmar waren Jahrgang 1956, also 48 Jahre alt.

Er zögerte noch etwas, dann öffnete er die Tür. Klaus und Inge huschten hinein und schlossen sofort die Tür hinter sich.

„Hast Du nen Vogel, und machst nicht die Riegel vor?" schimpfte Klaus sofort los.

„Aber ich ....", begann Armin.

„Habt ihr total den Verstand verloren? Ihr verriegelt nicht die Tür, ihr kutschiert ungeniert mit eurem Auto durch die Gegend. Junge, Du bist 50, schon vergessen? Und dann lasst ihr noch den Fernseher nach Mitternacht an und macht nicht mal die Rollladen dicht, damit man das von außen nicht sieht. Tickt ihr noch ganz richtig, oder was?"

Armin schluckte.

„Kommt doch erst mal rein," sagt er und wundert sich, dass beide Besucher die Waffe neben der Tür vollkommen ignorierten.

„Na bravo, dazu noch Festbeleuchtung. Hat euch der Besuch der Polizei heute nicht gereicht? Wir dachten schon, dass man euch mitnimmt.

Macht ihr vielleicht jetzt erst mal die Rollladen runter? Reichen Euch die Dinger von vorletzter Woche nicht?"

Dabei deutet er auf die Einschusslöcher in den Scheiben.

Dagmar beeilte sich, die Rollladen herunter zu lassen.

„Wollt ihr auch einen Schluck?" fragte Armin und deutete auf die Cognacgläser.

„Könnte nichts schaden," nickte Inge und setzte sich ein einen Sessel.

„So, nun erzählt mal, was in euch gefahren ist," begann Klaus, nachdem er einen Schluck genommen hatte.

„Wieso in uns gefahren? Was haben wir denn falsch gemacht?" fragte Dagmar.

„Komm, hör auf," brauste Inge auf und winkte ab, „ausgerechnet Du Hasenfuß musst das fragen? Du bist doch sonst immer so darauf bedacht, nur nicht aufzufallen."

„Wieso nicht auffallen," fragte Dagmar arglos.

Klaus saß plötzlich kerzengerade da. Seine Augen huschten von Armin zu Dagmar und zurück. Dann nahm er einen Schluck aus seinem Glas.

„Wer seid ihr," fragte er plötzlich.

Armin musste kurz auflachen.

„Wer wir sind? Darf ich vorstellen. Dagmar Kunze und mein werter Name ist Armin Kunze."

Eisiges Schweigen folgte. Man hätte eine Stecknadel fallen hören können.

„Ihr seid nicht DIE Kunzes, die wir kennen. DIE Kunzes, die WIR kennen, die machen nicht diesen ganzen Blödsinn, den ihr heute schon verzapft habt. Die Tür......die Tür ist schon wieder unverriegelt."

Es stimmte, Armin hatte die Riegel nicht betätigt, nachdem die beiden die Wohnung betreten hatten.

„Du würdest nie länger als notwendig die Tür unverriegelt lassen und du würdest sie nie ohne die Waffe im Anschlag öffnen," fuhr Klaus fort. „Das ist nur eines der Mosaiksteinchen, die nicht passen, mein Herr."

Armin und Dagmar schwiegen betroffen. Sie sahen sich an und Inge sagte:

„Nun erzählt schon, was passiert ist.".

„Was soll ich denn erzählen?" sträubte sich Armin.

„Was ist geschehen? Los, nun lasst euch doch nicht alle Würmer aus der Nase ziehen."

„Wenn Du nichts erzählst, dann mache ich das," sagte Dagmar trotzig.

„Die halten uns doch für bekloppt, wenn ......"

„Wir waren vorhin auf der Dippemess'..."

„Ihr wart wo???" entfuhr es Inge erschrocken. Klaus legte seine Hand auf ihr Knie und sagte ruhig:

„Erzähl weiter."

Dann schilderte Dagmar den frühen und späten Abend mit allen Einzelheiten, wie sie ihn erlebt hatten. Klaus und Inge hörten wortlos zu. Klaus starrte danach vor sich ins Leere.

Dann fragte er: „Wo habt ihr die roten Fahrchips?"

Armin stand auf und holte seinen aus der an der Garderobe hängenden Jacke. Er reichte ihn Klaus. Der betrachtete das kleine Stück Plastik nachdenklich. Dann murmelte er:

„Also doch."

„Du willst mir doch nicht weismachen, dass du so etwas schon einmal in den Händen hattest?" fragte Inge nahezu abfällig. Nach einer längeren Pause sagte Klaus:

„Doch, habe ich."

„Und bitte wo soll das gewesen sei? Und wieso weiß ich nichts davon?"

Drei Augenpaare sahen Klaus gespannt an.

„Es ist etwa einem halben Jahr her. Man konnte sich noch halbwegs unbehelligt draußen bewegen, wenn man sich an die Regeln hielt. Da erzählte mir ein ehemaliger Kollege und guter Freund von einem Nachbarn, der ihm eine ähnliche Geschichte erzählt hatte, wie Dagmar eben. Alle dachten, es sind Spinner und weltfremde Phantasten, die urplötzlich geistig abgedriftet seien. Grundlegende Verhaltensmaßnahmen schienen ihnen von einem Tag auf den anderen fremd zu sein."

„Vor etwa einem halben Jahr war die Frühjahrs-Dippemess'," murmelte Armin nachdenklich.

„Kennst du diese Leute? Was ist aus ihnen geworden?", fragte Dagmar.

„Nein, ich kannte die Leute nicht. Ich weiß nur, dass sie meinem Freund erzählten, dass sie irgendwo den letzten Wagen verpasst hätten und dass dieser Chip nun unbrauchbar sei. Keiner konnte damals mit diesem wirren Gerede etwas anfangen. Ganz ernst nahm ihn sowieso niemand, er war ein Einwanderer aus dem Osten, der nie so richtig unsere Sprache erlernt hatte."

„Und weiter," fragte Dagmar, „was geschah mit ihnen?"

„Ich erfuhr, dass mein Freund von einem der beiden einen solchen roten Chip zugesteckt bekam. Er war dabei, als man sie abholte."

„Abholte?"

„Ja, abgeholt von der Polizei, allerdings in Begleitung des Frontsturms der JFS. Üble Gesellen sind das. Wo auch immer die Kerle auftauchen gibt's zumindest blutige Nasen, oder Menschen verschwinden ganz einfach. Mein Ex-Kollege war gerade im Treppenhaus, als sie die beiden aus der Wohnung brachten. Er und sie bluteten stark aus Wunden am Kopf. Direkt vor ihm strauchelte der Mann vermutlich ganz bewusst, um ihm diesen Chip zuzustecken. Mein Exkollege zeigte ihn mir........"

Sein Schweigen war nahezu unerträglich.

„Er sah haargenau so aus wie dieser hier ! !"

„Weißt Du zufällig, wie dieser Mann hieß?" fragte Armin zaghaft.

„Ähh.....Kusnezov, oder so ähnlich. Ja, doch, Kusnezov, Igor Kusnezov. Ich kenne ihn nur vom Sehen her."

„Und wie sah er aus?"

„Wie das Leiden Christi. Ein hagerer, knochiger Mann. Seine Augen lagen so tief in den Höhlen, dass man immer glaubte, einen Totenkopf anzusehen. Armer Teufel, was ist wohl mit ihm geschehen?"

Armin und Dagmar sahen sich an. Igor hieß auch der alte Mann, der ihnen die roten Fahrchips zugesteckt hatte. Sie waren offensichtlich in einer Welt gestrandet, in einer Zeit jenseits jeder Vollstellungskraft, obwohl sie sich immer noch am selben Tag und Monat des Jahres 2004 befanden. Ihre einzige Chance war es, am heutigen Tag.....es war bereits halb vier am morgen.....die letzte Achterbahnfahrt zu erreichen. Sollte sie das nicht schaffen, würden sie in dieser Welt gefangen sein. In einer Welt, die sie nicht kannten und nicht verstanden. Sie saßen zwar in ihren eigenen vier Wänden, waren aber Lichtjahre von ihrem vertrauten Leben entfernt.

3. Teil

„Habt ihr alles?" fragte Inge.
Armin und Dagmar gingen noch einmal alles durch. Jeder hatte einen roten Fahrchip in der Tasche. Armin trug eine Jacke, deren linke Brustseite einen hellgelben Stoffkreis mit einer eingestickten 1954 aufwies. Nun warteten sie darauf, dass es an der Tür klingelt. Um kurz nach 21 Uhr wollte Stefan kommen und beide abholen. Es blieb noch genügend Zeit bis dahin. Allerdings verbrachte man diese schweigend, da über die restlichen Stunden hinweg von Inge und Klaus eingehend über die derzeitigen Umstände in Sonland und der Welt erzählt wurde. Informationen, die unvorstellbar waren.
Sonland hatte in den 60 Jahren Strukturen, die man dem Deutschland der damaligen Zeit absolut gleichsetzen konnte. Einziger Unterschied: Die Welten waren vertauscht. Der Wohlstand der östlichen Teile resultierte aus den Ereignissen des 2. Weltkriegs. Der Westen wurde von den Usamen besetzt, den Osten teilten sich Rohland, Russlawien und Sudentenland auf. Rasch entwickelte sich im freien Osten eine blühende Wirtschaft, nicht zuletzt durch die starke Unterstützung der Besatzungsmächte. Im Westen hingegen ließen die Usamen die Menschen wirtschaftlich ausbluten und die Entwicklung hinkte um Jahre der im Osten hinterher. Die

Ströme fliehender Menschen in den goldenen Osten unterbanden die Usamen mit der Errichtung einer nahezu unüberwindlichen Grenze, die erst Ende der 80er Jahre des 20. Jahrhunderts verschwand.

Der wirtschaftliche Aufschwung in den 60er Jahren lies die östlichen Bundesländer erblühen und allgemeiner Wohlstand entstand. Der geschlossene Generationenvertrag sorgte dafür, dass die jungen Menschen in eine Rentenkasse einzahlten, durch deren Zahlungen die in den Ruhestand gehenden Menschen einen recht sorgenfreien Lebensabend verbringen konnten. Dieses System funktionierte bis weit in die 70er Jahre, ja fast bis in die 80er Jahre hinein. Dann kamen bei Fachleuten Bedenken, da sich durch die rückläufigen Geburtenraten ein starkes Ungleichgewicht deutlich abzeichnete. Immer weniger junge Menschen mussten schon damals immer mehr ältere Menschen unterstützen. Und so kam es, dass die Beiträge zur Rentenversicherung immer weiter anstiegen. Nach der Öffnung der Grenzen zwischen Ost- und Westsonland multiplizierten sich die Probleme. Aus dem wirtschaftlich bankrotten Westen kamen Millionen Rentner mit legitimen Ansprüchen hinzu, ohne jemals in die Ostsonländische Rentenkasse einen Cent eingezahlt zu haben. Der Kollaps war nur eine Frage der Zeit. Da aber für die Regierenden die Stimmen der älteren Bevölkerung viel zu wichtig waren, als dass man die Wahrheit verkündete, kommentierte man immer, die Renten seien sicher. Politiker schworen heilige Eide, dass jeder seine Rente bekommen würde. Die meisten überhörten jedoch die Tatsache, dass niemand davon sprach, dass die Rente in der üblichen Höhe sicher sei. Denn dies wäre damals schon einen Meineid gewesen. So kam es, wie es kommen musste. Ein Offenbarungseid war unvermeidbar. Die Rentenbeiträge schossen auf die unvorstellbare Höhe von 33,4 %, die jeder arbeitende Mensch in Sonland von seinem Einkommen an die alten Menschen abgeben musste. Hinzu kam die Gewissheit, im eigenen Alter niemals eine Rente zu bekommen, die auch nur annähernd ein Überleben sicherte. Also mussten weitere Mittel für eine private Altersversorgung aufgebracht werden. Weiter rückläufige Geburtsraten verschärften das Problem. Das Fass zum Überlaufen brachte die Entwicklung, dass immer mehr Menschen von 45 Jahren und älter keinen Job mehr fanden. Sie wurden arbeitslos, zahlten somit keine Gelder in die Sozialkassen und konnten somit auch nicht zur Aufrechterhaltung der Solidargemeinschaft beitragen. Politisches Dynamit war aufbereitet. Die Ladung wartete nur auf einen, der die Lunte legte.

Anton Mittler war dieser Luntenleger, war dieser Rattenfänger. Er skizzierte das Bild des feisten, faulen Rentners, der sich auf Kosten der jungen Generation ein sorgloses Leben macht. Er verstand es geschickt, mittels der Medien mit den Gefühlen der Massen umzugehen. Er traf genau den Ton, den viele hören wollten. Endlich hatte man einen Sündenbock für die schlechte Lage, in der man sich befand. Erste Übergriffe seiner Schergen gegen ältere Menschen auf offener Straße verurteilte man anfangs noch aufs schärfste, verfolgte und bestrafte die Täter. Aber es dauerte nicht lange, dass auch bis dahin gemäßigt denkende Menschen unverhohlen Mittler zustimmte.

Mittler erreichte es, obwohl er nicht direkt an der Regierung beteiligt war, dass sogenannte Altensammelstellen eingerichtet wurden. Dorthin verschleppte man nahezu willkürlich Menschen, die gegen die nun existierenden Richtlinien für ältere Menschen verstießen. Es gab ein Fahrverbot für Menschen über 50 Jahre, es wurde das Tragen des Geburtsjahres auf der linken Brust zur Pflicht, es war verboten, nach 22 Uhr noch auf die Straße zu gehen, laut Musik zu hören oder dem Fernsehprogramm zu folgen. Es wurden speziell für ältere Menschen Lebensmittelgeschäfte eingerichtet, die nur ein begrenztes Warensortiment führten. Oft gab es dort nur Waren, deren Haltbarkeitsdatum abgelaufen war und in den üblichen Geschäften ausgemustert wahren.

Die ärztliche Versorgung wurde drastisch eingeschränkt. Wenn überhaupt, bekamen ältere Menschen nur fünf bis sechs Tage nach einer Anmeldung einen Termin bei einem Arzt. Eine Krankenkasse gab es nicht mehr für diese Menschen. Arztbesuche und Medikamente mussten selbst bezahlt werden. Nachdem sich ein offensichtlich gezielt gestreutes Gerücht verbreitete, dass nach Vollnarkosen immer öfter ältere Menschen in Krankenhäusern verstarben, ging auch die Inanspruchnahme der Krankenhausdienstleistungen um 98 Prozent zurück.

Aus wirtschaftlicher Not heraus begingen immer mehr Menschen Diebstähle, die erbarmungslos verfolgt und geahndet wurden. Allesamt verschwanden diese armen Kreaturen in den Sammelstellen Fürstenfeldbruck bei München, Wietze bei Hannover oder dem südlich von Frankfurt gelegen Sachsenhausen, und wurden nie wieder gesehen. Was dort geschah wusste niemand genau. Allerdings ging das Gerücht um, dass mangels ärztlicher Versorgung, systematischer Misshandlungen und Unterernährung keiner dort lange überlebte.

Es dauert nicht lange, bis sich landesweit Gruppen bildeten, die Widerstand gegen diese Maßnahmen leisteten. Es stießen Menschen dazu, die einst glühende Verehrer Mittlers waren, nun aber die menschenverachtende Handlungsweise erkannten. Meist waren sie selbst betroffen, als ihre Eltern von Mittlers Schlägertrupps aus der Wohnung geprügelt wurden. Denunziert von Nachbarn, weil sie abends noch Musik gehört hatten. Alle Versuche, die eigenen Eltern wieder auf freien Fuß zu bekommen, schlugen fehl. Oder aber sie erkannten den eklatanten Wissensverfall in allen wirtschaftlichen Bereichen, die der radikale Kahlschlag der Unternehmen mit sich brachte. Auf wertvolles Wissen und unbezahlbare Berufserfahrung wurde ohne Ansehen der Person verzichtet, weil man dem Wahn des sogenannten shareholder value folgte und nur noch die kurzfristige Gewinnoptimierung durch die niedrigen Gehälter junger Menschen sah und den überlebensnotwendigen Altersmix völlig aus den Augen verlor, ja sogar von oben verboten bekam.

Unternehmen, die dieses Problem erkannten, durften und konnten keine älteren Menschen mehr einstellen, da diese meist in den Sammellagern verschwunden waren oder aus Angst vor Repressalien ihre Wohnung nicht mehr verließen. Die Wirtschaft verkam immer mehr, nicht zuletzt durch nicht nachvollziehbaren Standortentscheidungen vieler Firmen, die man allenfalls durch die menschenverachtende Börsianerbrille verstehen konnte. Dies kostete zunächst vielen älteren Angestellten den Job, aber nach und nach traf es auch jüngere Mitarbeiter. Die Arbeitslosigkeit und die erzwungene Konsumzurückhaltung brachte ein immer größer werdendes Chaos, in dem ein Sündenbock von vielen nur zu gerne angeprangert werden konnte....die alte Generation.

Diese ständig wachsende Gruppe von Menschen, die dem Spuk, diesem Wahnsinn ein Ende bereiten wollten, stellte sich unter anderem zur Verfügung, alte Menschen bei Erledigungen zu begleitete, bei denen man sich in der Öffentlichkeit bewegen musste.

Stefan war ein fast zwei Meter großer, bestens durchtrainierter Freizeit-Kickboxer, der durch seine Anstellung in der oberen Etage einer großen Bank über die notwendige soziale Reputation verfügte. Er war der Glücksfall für Armin und Dagmar und sollte als Bodyguard dafür sorgen, dass die beiden unbeschadet die letzte Fahrt der Achterbahn erreichen konnten.

Mit einem gewinnenden Lächeln stellte er sich vor.

„Hallo, ich bin Stefan. Und Sie beide wollen endlich mal wieder die Dippemess' besuchen und Achterbahn fahren?", sagte er fröhlich, als ginge es hier um einen Vergnügungsausflug.

Sichtlich nervös nickten Amin und Dagmar nur.

„Machen Sie sich keine Gedanken. Das bekommen wir schon hin. Ist nicht das erste Mal, dass wir das machen. REGNUM sorgt für Sie."

„Danke," sagte Armin, „vielen Dank. Wir wüssten nicht, was wir ohne Sie machen sollten,. Aber ... Sagen Sie mir bitte, wer ist Regnum?"

„Regnum ist die lateinische Bezeichnung für Würde und der Name unserer Organisation. Übrigens...sagen Sie bitte Stefan zu mir und Du, das macht alles viel einfacher."

„Gerne, wir sind Dagmar und Armin".

Stefan setzte sich an den Wohnzimmertisch, zog ein Formular aus seiner Jackentasche. Darin notierte er den Namen, die Geburtsdaten und die Adresse der beiden. „Ihr Ausgehschein für heute Abend," sagte er lächelnd. Rasch verabschiedete man sich von Inge und Klaus. Die Fahrt in Stefans Nobellimousine dauerte eine knappe halbe Stunde. Nach einem kurzen Fußweg vom Parkplatz zum Festplatz betrat man diesen durch dessen nördlichen Eingang und tauchten in die Rummelplatzatmosphäre ein. Düfte von gebrannten Mandeln, frische gebackenen Waffeln und vielen anderen Leckereien stiegen ihnen in die Nase. Das Schreien und Jauchzen der Menschen in den Fahrgeschäften vermischte sich mit Stimmengewirr und Musik. Nichts deutete darauf hin, dass dies ein anderer Rummelplatz war als sonst. Einzig die verstohlenen Blicke einzelner auf Armins Brust ließ erkennen, dass doch nicht alles so war wie immer. Im Schlendertempo bewegte man sich voran. Das Ziel, die riesige Achterbahn am südlichen Ende des Festplatzes konnte man nun schon sehen.

Immer wieder ratterten Wagen die steile Bahnen hinab. Die Insassen warfen dabei teilweise beide Arme in die Luft und der Wind trug bereits Teile der gellenden Schreie der Insassen herüber, wenn die Wagen am Beginn einer Abfahrt rasch Tempo aufnahmen.

Stefan sah auf seine Uhr.

„Gleich viertel vor zehn," sagte er.

„Es wird Zeit, dass wir zur Achterbahn gehen. Ich hoffe, dass wir keinen.......oh nein," entfuhr es ihm, wobei er an Armin und Dagmar vorbei in Richtung Achterbahn sah.

„Was auch immer nun geschieht, antwortet betont höflich und nur dann, wenn Ihr direkt gefragt werdet. Haltet um Himmels Willen sonst den Mund und seht niemanden direkt an. Am besten, Ihr schaut zu Boden, wenn es zu einer Konfrontation kommen sollte."

„Aber was...," wollte Dagmar sagen.

„Ruhe jetzt...und geht ganz normal wie die ganze Zeit weiter.

„Mensch, diese Geisterbahn habe ich ja schon lange nicht mehr gesehen," sagte Stefan im Plauderton, „seht Euch doch mal die komischen Figuren da auf dem Vordach an."

Er blieb stehen und deutete dort hin. Armin und Dagmar taten das auch. Irgendwie war es plötzlich so, als ob die drei dort alleine stünden. Auch schienen alle Geräusche in weite Ferne gerückt. Ein mulmiges Gefühl, ja Angst erfasste Armin und Dagmar..

„Na, hat das Altersheim heute noch Ausgang?" dröhnte eine männliche Stimme von hinten. Die drei drehten sich um. Vor ihnen standen 5 junge Männer, schätzungsweise Mitte zwanzig, in dunkelroten Uniformen gekleidet. Ihre Köpfe waren kahl geschoren und ihre Füße steckten in derben Springerstiefel.

„Eigentlich ist doch schon längst Schlafenszeit, Alter," sagte der Wortführer zu Armin.

Noch bevor dieser Etwas sagen konnte, antwortete Stefan ruhig:

„Sie haben eine Sondergenehmigung. Ausgang bis 23 Uhr, Herr Obergruppenführer."

Armin sah sich derweilen die Gruppe etwas genauer an, und meinte in einem der Kerle den Sohn einer Familie aus ihrer Straße zu erkennen. Bis auf den Wortführer, der eine mächtige Erscheinung war und einen primitiven Gesichtsausdruck hatte, waren die anderen sogenannte Allerweltstypen, an denen man auf der Straße achtlos vorüber gegangen wäre, hätten sie nicht diese Uniform getragen. An den schwarzen Gürteln baumelten Schlagstöcke und jeder hatte ein paar Lederhandschuhe darunter gesteckt. Nach dem Schlagstock griff nun der Wortführer:

„Warum glotzt mich dieses Arschgesicht so blöde an?" knurrte er und hatte schon den Stock in der Hand. Stefan trat einen Schritt vor und meinte:

„Sicher ein Versehen, Herr Obergruppenführer. Er war schon so lange nicht mehr unter so viel Menschen. Die vielen neuen Eindrücke, die...."

„Ich habe nicht Sie, sondern ich habe den da gefragt," fauchte der Uniformierte dazwischen und machte einen Schritt nach vorne. „Schau mich gefälligst an, wenn ich mit Dir rede."

Armin tat wie geheißen, sah ihn an und sagte:

„Entschuldigung, Herr Obergruppenführer. Es war ein Versehen."

Dabei senkte erst den Blick und dann den Kopf und stand nun demütig da.

„Da könnte jeder kommen, und...", polterte der Wortführer los, als einer der anderen aus der Gruppe ihn an der Schulter fasste und sagte:

„Lass ihn in Ruhe, Hans, er hat nichts Unrechtes getan. Wenn die einen gültigen Ausgangsschein dabei haben, dann ist es in Ordnung. Komm, der Alte ist es doch nicht wert."

Es war der junge Mann, den Armin vorhin vermeintlich erkannt hatte, der sprach. Der Gruppenführer zögerte kurz, steckte dann seinen Schlagstock weg und meinte unwillig zu Stefan:

„Sind Sie die Aufsichtsperson dieser beiden Alten?"

„Das bin ich, Herr Obergruppenführer."

„Ich hoffe für Sie, dass die Ausgangspapiere in Ordnung sind," sagte er und streckte dabei fordernd seine Hand aus. Stefan griff in seine Jackeninnentasche, zog das vorhin ausgefüllte Formular heraus und reichte es seinem Gegenüber. Ohne Armin anzusehen fragte er:

„Wie heißt Du, Alter?"

„Armin Kunze, Herr Obergruppenführer."

„Und Du alte Kuh, wie alt bist Du?"

„Ich bin 48 Jahre alt."

Langsam hob der Gruppenführer seinen Kopf und starrte Dagmar an. Stefan stupste sie leicht.

„48 Jahre alt, Herr Obergruppenführer," beeilte sie sich zu sagen.

„Na, geht doch," meinte dieser selbstzufrieden.

„Die Papiere sind in Ordnung. Sie können weiter gehen. Aber wir werden Sie im Auge behalten. Schließlich ruft das Bett die Alten. Stimmt's Opa?" fragte er mit dröhnender Stimme.

„Jawohl, Herr Obergruppenführer," sagte Armin mit gesenktem Blick.

„Na, dann genieße mal Deine letzten Stunden noch, Opa."

Er drehte ich herum und ging mit seinen Gefolgsleuten davon.

Zwischenzeitlich hatte sich eine größere Menschenansammlung gebildet, die sich nun langsam auflöste.

Mit schnellen Schritten gingen die drei zur Achterbahn. Stefan kaufte an der Kasse zwei blaue Fahrchips. Er drückte jedem der beiden einen in die Hand und meinte:

„Na seht ihr, das hat geklappt. Macht Euch auf die Socken, die letzte Fahrt," ein Blick auf seine Uhr ließ ihn nicken, „müsste gleich starten."

„Danke für alles, Stefan," sagte Dagmar.

„Keine Ursache," sagte Stefan und schon beide in Richtung Eingang, wo gerade ein Angestellter die Kette vorlegte, dass der Fahrbetrieb nun eingestellt werde.

„Dürfen wir noch mit?" fragte Armin, wobei er seinen blauen Chip vorzeigte.

„Kannst Du nicht lesen, Alter. Feierabend."

„Aber wir müssen doch...wir wollten doch nur...," stotterte Armin.

„Wenn du keinen Ärger mit mir haben willst, dann hau schleunigst ab, sonst setzt es was. Ist das klar?" brüllte er.

Und wieder blieben Menschen stehen und glotzten.

‚Hoffentlich bekommen die Uniformierten das nicht mit,' dachte Dagmar ängstlich.

Durch den Tumult wurde der Besitzer der Achterbahn, der Hüne Olaf, aufmerksam und kam hinter dem Kassenhäuschen hervor.

„Was geht den hier ab?," grummelte er.

„Die zwei Alten wollen unbedingt noch mitfahren. Ich habe denen gesagt, sie sollen verschwinden, wir haben Feierabend."

Olaf sah kurz zu Armin. Kein Minenspiel verriet, was er dachte oder ob er ihn erkannte. Dann bückte er sich, hob die Kette hoch und meinte:

„Komm, lass die Beiden noch fahren. Gib ihnen den letzten Wagen für heute, damit...."

„Komisch, Chef. Dass ist nun schon der fünfte Fall, dass Sie so alte Ärsche mitfahren lassen. Immer im letzten Wagen. Da stimmt doch etwas nicht."

„Das denke ich auch," kam von hinten eine Stimme, die Armin bekannt war.

Der Gruppenführer von eben trat heran und musterte Olaf misstrauisch. Er schien alleine zu sein, denn weit und breit war von seinem Gefolge nichts zu sehen

„Was soll denn hier nicht stimmen," sagte Olaf ruhig.

„Das würde ich gerne von Dir wissen," sagte der Uniformierte lauernd.

Olaf zuckte gelangweilt die Schultern.

„Fahren Sie doch mit," meinte er, und zu seinem Angestellten gewandt, „und Du machst das gleiche. Dann werde ihr schon sehen, dass alles in bester Ordnung ist."

„Gute Idee," sagte der Angestellte.

„Setz dich schon mal rein, ich starte die Wagen. Und für Sie, Herr Obergruppenführer, habe ich noch eine Fahrkarte, ich lade Sie herzlich ein," sagte er und reichte ihm einen roten Chip.

Armin und Dagmar nahmen auf den vordersten Sitzen Platz, die zwei Männer zwei Reihen dahinter.

Olaf stand am Bedienpult, tippte sich, zu Armin gewandt, zum Gruß mit Zeige und Mittelfinger seitlich an die Stirn. Mit einem Ruck startete der Wagen.

Es schien endlos zu dauern, bis der Wagen in den Tunnel schoss. Ein langgezogener Schrei, der einem durch und durch ging, übertönte das Getöse.

Der Wagen rollte ins Freie zu seinem Ausgangspunkt zurück. Sie hörten hinter sich eine unsichere Stimme:

„Was ist das denn? Wo ist denn...? Wo ist mein Mitfahrer? Ich fass es nicht..."

Die Sicherheitsbügel öffneten sich. Rasch drückte Armin diesen nach vorne und half Dagmar beim Aussteigen. Sie gingen schnellen Schrittes auf den Ausgang zu, als Dagmar von hinten an den Haaren festgehalten wurde. Sie schrie auf.

„Hier geblieben!" schrie der Gruppenführer, der nun in der anderen Hand seinen Schlagstock hielt.

„Was habt ihr mit meinem Mitfahrer gemacht?" brüllte er.

„Lassen Sie mich los, Sie Grobian, sie tun mir weh," schrie Dagmar, die sich unter dem brutalen Griff vor Schmerzen krümmte.

Mit großen Schritten näherte sich Olaf und schrie:

„Lass sofort diese Frau los."

Mit einem Aufschrei stürzte sich der Uniformierte auf Olaf und lies dabei Dagmar los.

„Du bist an allem Schuld. Duuuu.........!!"

Olaf blockte mit seinem linken Arm den Schlagstock ab und schlug eine krachende Rechte hinterher. Wie vom Blitz getroffen brach der Mann zusammen.

Nach wenigen Minuten führte eine herbeigerufene Polizeistreife den Übeltäter ab. Der ältere Beamte ging recht unsanft mit dem Festgenommenen um. Denn als dieser seine Umwelt wieder wahrnehmen konnte und den grauhaarigen Polizisten vor sich sah, beschimpfte er diesen sofort mit übelsten Worten. Nach einer Warnung, dies zu unterlassen, wurden die Umgangsformen der Beamten sehr rustikal, als sie ihn zum Streifenwagen brachten.

Armin und Dagmar sahen sich an. Ein Blick auf Armins Brust gab ihnen Gewissheit. Der Aufnäher war verschwunden, die Welt, ihre Welt hatte sie wieder.

Aber was war geschehen??

Fragend sahen sie Olaf an, der vor ihnen stand. Der nickte wissend:

„Der Horrortrip ist zuende. Sie sind wieder zurück."

Armin schluckte:

„Was wissen Sie davon? Erklären sie uns bitte, was ist mit uns geschehen?"

„Kommen Sie, ich zeige Ihnen etwas."

Er ging mit den beiden in den Tunnel, der nun, da keine Wagen mehr durch ihn ratterten, dunkel und verlassen vor ihnen lag. Dagmar zögerte. Olaf sagte:

„Kommen Sie nur, Sie brauchen keine Angst zu haben. Es kann ihnen nichts geschehen."

Er führte Sie in die Mitte des Tunnels. Dort befand sich an der Seite eine kleine, unscheinbare, kaum schuhkartongroße, schwarze Schachtel.

„Das da," dabei deutete er auf die Kiste, „war für Ihre Reise verantwortlich."

„Was ist das? Wo waren wir?"

„Was es ist? Ich weiß es nicht genau. Ich weiß nur, dass man damit in eine existierende Parallelwelt wechseln kann. Es wird das Tor dazu für einen Moment geöffnet. Und mit diesem hier," er hielt einen roten Fahrchip in seiner Hand, „ kommen sie innerhalb von 24 Stunden wieder zurück."

„Aber wieso das alles? Wieso wir? Was...." Verwirrt hielt Armin inne.

„Kommen Sie mit in meinen Wohnwagen. Ich erzähle ihnen, was ich weiß."

Kurz danach saßen sie in Olafs gemütlich eingerichteten Wohnwagen.

„Wie ich schon sagte, es gibt eine Parallelwelt, in der Deutschland Sonland heißt und in der..."

„Das wissen wir alles. Erzählen Sie uns, was es mit der Kiste auf sich hat."

Olaf sah vor sich ins Leere. Dann begann er wie in Trance zu erzählen, als ob er einen Film beschreibt, der vor seinem geistigen Auge ablief.

„Eines Tages saß in einem der Wagen ein junger Mann. Er hatte diese kleine Kiste bei sich und einen kleinen Beutel. In diesem befanden sich die roten Chips. Was in der Kiste ist weiß ich nicht. Sie ist hermetisch verschlossen und er sagte mir, ich solle nie auf den Gedanken kommen, sie zu öffnen. Als er mich damals ansprach, wollte ich ihn erst hochkant rauswerfen. Aber er hatte eine Art zu erzählen, die mich dazu bewog, ihm länger zuzuhören. Er erzählte mir, er sei von einer Organisation namens Regnum, was so viel heißt wie..."

„Würde. Ist Latein, ich weiß, wir hörten davon."

„Sie können sich vorstellen, dass ich ihn für verrückt hielt, als er mir das erzählte. Aber er ließ nicht locker und schlug mir eine Fahrt vor. Eine Fahrt in diese Welt, von der ich fest glaubte, dass es sie nicht gibt.....bis ich sie sah und erschrak. Wir fuhren also mit einem Wagen hinüber und ich lernte mein zweites ich dort kennen. Ich war kurz davor, wahnsinnig zu werden, und mir, äh im, also meinem ich dort......also ihm ging es genauso. Er ist ein aktives Mitglied Regnum's und für den reibungslosen Ablauf dieser Schleuse verantwortlich. Nach festgelegten Plänen senden wir Personen, von denen wir uns erhoffen, dass sie die öffentliche Meinung positiv beeinflussen können, über diesen Weg hinüber. Sie werden dort sofort von Regnum-Mitgliedern in Empfang genommen und bekommen die Entwicklung der dortigen Gesellschaft vorgeführt. Unsere Hoffnung ist es, so eine ähnliche Entwicklung bereits im Keim zu ersticken, weil es Personen gibt, die das Grauen gesehen haben und wissen, wozu Intoleranz und Massenwahn führen. Hitler ist für viele bereits so weit weg..... Dies ist ein Teil der Arbeit von Regnum. Der andere befasst sich mit dem aktiven Widerstand und dem bestmöglichen Schutz von Menschen, die in Bedrängnis geraten sind."

„Aber warum wurden wir geschickt? Wir sind ganz einfache Menschen. Wir stehen nicht im öffentlichen Leben und...."

„Sie waren ein Versehen. Sie erinnern sich an Igor, der Ihnen diese Chips zusteckte. Dies geschah ohne mein Wissen. Er hatte offenbar herausgefunden, wie die Box zu aktivieren ist. Er ist ein gestrandeter, ein Passagier der ersten Stunden. Sein Pendant aus dieser Welt hier schaffte es nicht rechtzeitig wieder hier zu sein. Die Chips haben eine Haltbarkeit von maximal 24 Stunden. Dann müssen neuen Transferdaten geladen werden. Fragen sie mich nicht, warum, es ist so. Somit war er hier gefangen. Das furchtbare daran, Igor fuhr damals als Versuchsperson alleine, lies also seine Frau hier. Damals musste das Gegenstück aus der jeweiligen Welt auch in einem Wagen sitzen, um einen Austausch vorzunehmen. Das ist heute nicht mehr nötig.

Organisiert hat das alles Regnum. Igor von drüben kam zwar durch den Tunnel, aber als er merkte, dass er nie wieder zu seiner Frau zurückkehren konnte und nicht wusste, was aus ihr wird, wurde er schier wahnsinnig. Mit den Ponton seiner Frau hier wollte er nichts zu tun haben, gestern dann drehte er durch und schickte sie durch den Tunnel, warum auch immer."

„Ich glaube ich weiß, was mit Igor drüben geschah. Er kam mit der Frau in ein Sammellager."

Olaf wurde blass.

„Ich denke, ohne einen Arzt komme ich nun nicht mehr weiter bei ihm. Ich habe ihn beurlaubt, aber wenn er das erfährt, dann dreht er vollends durch."

„Was ist mit unseren Gegenstücken dort drüben? Wir haben uns, ähm, wir haben die, also uns, äh ich meine.....ich fang auch gleich an durchzudrehen," sagte Armin.

„Ich habe nicht die leisestes Ahnung," sagte Olaf, „ich bekomme nur einzelne Anweisungen von Regnum, die ich ausführe. Ich schicke Menschen, die hierher gebracht werden, nach drüben. Das gleiche macht mein zweites ich dort drüben. Man sagte mir, mehr brauche ich nicht zu wissen. Und je weniger ich weiß, desto besser ist das für den Schutz der Organisation. Hin und wieder kommt jemand, tauscht dies Kiste aus. Ich vermute technische Neuerungen...ich weiß es nicht. Mehr kann ich nicht dazu sagen."

„Und was machen wir nun mit unserem Wissen?" fragte Dagmar.

„Versuchen Sie es zu vergessen, oder machen Sie sich Ihre eigenen Gedanken, wie alles zusammenhängen könnte. Vielleicht verwenden Sie das erlebte, um selbst aktiv zu werden, damit sie einen kleinen Beitrag dazu leisten können, dass dieser Irrsinn hier nie eine Chance hat. Ich weiß, einer alleine kann nicht viel ausrichten. Aber denken sie daran, es werden immer mehr, die das wissen, was auch sie nun in ihren Köpfen haben.

Es muss der Jugendwahn und die Verdammung des Alters gestoppt werden. Nur wenn Jung und Alt ehrlich zusammen an einem Strang ziehen, werden wir überleben und vorankommen. Kurzfristig kommen die Jungen ohne die Alten aus, aber auf Dauer bekommt dieses Schiff Schlagseite. Und wirtschaftlich muss es ein Umdenken

geben. Es kann nicht zum Wohle aller sein, wenn Unternehmen erst die alten Mitarbeiter aussortiert und später, wenn das nicht reicht, ihre Produktionen ins Ausland verlagern, um dort die nötigen Profite für ihre Aktionäre zu bekommen. Irgendwann ist Deutschland kahlgeschlagen, und wir hinterlassen unseren Kindern eine wirtschaftliche und soziale Wüste, weil einige wenige nur an ihr eigenes Wohl dachten und Aktionäre und Spekulanten jedes Gefühl für die Menschlichkeit dem zweistelligen Kursgewinn opfern.
Sie konnten einen Blick in die Abgründe menschlichen Denkens werfen. Bei näherem Nachdenken wird sich aus dem Erlebten der eine oder andere Widerspruch ergeben. Sehen Sie jedoch das Kernthema. Wir sind auf dem besten Weg, die gleichen Fehler zu machen, wie sie in Sonland geschahen. Machen sie die Augen nur weit genug auf, dann werden sie sehen, was ich meine. Mein gut gemeinter Rat:
Machen sie das Beste daraus. "

Selbstverständlich ist diese Geschichte frei erfunden und Ähnlichkeiten mit lebenden oder bereits verstorbenen Personen sind rein zufällig oder nur bedingt beabsichtigt. Sollte der Leser dennoch Stellen finden, die einen Rückschluss auf Ereignisse oder Entwicklungen in Vergangenheit oder Gegenwart zulassen, so ist es einem jeden überlassen, sich seine eigenen Gedanken darüber zu machen, oder mit seinem Nächsten darüber zu reden. Miteinander reden schafft Verständnis, Schweigen hat schon Weltkriege ausgelöst.
In diesem Sinne.....bitte reden Sie.

Niemand

Monotones Piepsen drängte sich in sein Bewusstsein. Mal schien der Ton leiser zu werden und dann schwoll er wieder an. Als er sich stabilisierte merkte er, dass dies ganz sicher nicht sein Schlafzimmer war, in dem er gerade aufwachte. Mühsam versuchte er seine Augen zu öffnen, doch seine Lider wurden von Tonnengewichten nach unten gezogen. Endlich schaffte er es und sah für einen Moment eine weiße Zimmerdecke, die alsbald im wabernden Nebel wieder verschwand.

‚Ok, was ist los mit dir?', dachte Ingo, ‚wohl wieder viel zu viel gesoffen gestern Abend.'

Er versuchte sich zu erinnern, was gestern geschah und weshalb er hier lag. So sehr er es auch versuchte, es gelang ihm nicht.

Erneut begann er mit dem Kraftakt, seine Lider anzuheben. Diesmal gelang es ihm besser, doch als er den Kopf drehen wollte um sich in dem halbdunklen Raum umzusehen, gelang ihm auch das nicht. Er versuchte den Kopf zu heben...Fehlanzeige. Auch seine Arme und Hände lagen neben ihm auf dem Bett und ließen sich keinen Millimeter bewegen. Die Zehen, ja, Gott sei Dank, die konnte er bewegen. Aber die Beine, nein, auch die waren wie an das Bett angeklebt. Panik kroch in ihm hoch.

„Hallo!", rief er und räusperte sich, weil sich seine Stimme dabei überschlug.

„Hallo, ist da jemand?" rief er lauter.

Er hörte, dass sich Schritte näherten. Ein Gesicht schob sich in sein Blickfeld.

Zauberhaft und wunderbar mit Augen, wie er sie schöner noch nie sah. Gekrönt wurden diese von leicht geschwungenen, langen Wimpern und über all dem schwebten gepflegte Augenbrauen. Ganz zart bildeten sich die Wangenknochen unter der glatten Haut ab. Die Nase konnte er in der Draufsicht nicht richtig beurteilen. Die Lippen waren weder schmal noch voll, sondern gerade richtig und aufregend geschwungen. Umrahmt wurde diese Gemälde weiblicher Schönheit von feuerroten Locken, die seitlich teilweise hinter die Ohren geklemmt waren. Zwei Strähnen fielen in die Stirn.

Wie weggeblasen war seine Panik. Ingo versuchte mehr von diesem Engel zu erblicken, aber sein Kopf lies sich noch immer keinen Millimeter bewegen.

„Ruhig", sagte der Engel vor Ingos Gesicht mit einer angenehmen, dunklen Stimme, „bleiben sie ganz ruhig liegen. Sie dürfen sich noch nicht bewegen."

„Was ist mit mir? Was ist passiert?"

„Sagen sie mir, was passiert ist. An was erinnern sie sich?"

Angestrengt versuchte Ingo seinem Gedächtnis auf die Sprünge zu helfen, aber er konnte sich beim besten Willen nicht erinnern, wie er hier her kam.

„Ich weiß es nicht", flüsterte er.

„Wie heißen sie?" fragte der Engel vor ihm und sah ihm dabei tief in die Augen.

„Ich heiße....ich heiße." Auch das wollte Ingo nicht einfallen.

„Ich weiß auch das nicht." Panik schwang in seiner Stimme mit. Er merkte, wie der Engel mit den Händen sanft über die Bettdecke strich.

„Das macht nichts, das wird schon wieder. Versuchen sie jetzt zu schlafen. Das wird ihnen gut tun."

Er spürte, wie der Engel mit dem Handrücken ganz zart seine Wange streichelte und dann aus seinem Blickfeld entschwand.

„Halt, warten sie. Wo bin ich hier?"

Wieder schob sich dieses zauberhafte Gesicht vor seine Augen.

„Sie sind im Stadtkrankenhaus."

„Wie heißen sie?"

Ein bezauberndes Lächeln huschte über ihr Gesicht.

„Na, so schlecht scheint es nicht um sie zu stehen. Ich bin Schwester Mandy. So, und nun schlafen sie."

‚Stadtkrankenhaus? Mandy? Mandy!! Du bist so schön, Mandy', dachte Ingo bevor er wieder einschlief.

2

„Schwester Mandy?" war die erste Frage, als Ingo Schritte im lichtdurchfluteten Zimmer hörte. Wieder schob sich ein Gesicht in sein Blickfeld, allerdings nicht Mandys Engelsgesicht. Eine ältere, grauhaarige Dame mit einem freundlichen Lächeln sah ihn an.

„Wo ist Schwester Mandy?" fragte er.

„Schwester Mandy ist nur nachts hier. Ich bin Schwester Katharina. Kann ich ihnen helfen, Herr Deutschmann?"

„Äh, nein...äh, doch. Wie lange werde ich noch hier liegen müssen. Was ist los mit mir? Wieso kann ich mich nicht richtig bewegen?"

„Ganz ruhig, junger Mann. Ich sage dem Oberarzt, das sie nun wach sind. Dann sehen wir weiter."

Wenige Minuten später hörte er eine etwas hohe, leicht nasale, männliche Stimme.

„Na, Herr Deutschmann, weilen wir wieder unter dem wachen Teil der Bevölkerung?"

Da Ingo schwieg fuhr er fort:

„Ich bin Dr. Schiller, der verantwortliche Oberarzt auf dieser Station. Sie haben nach ihrer kurzen Wachphase, die Schwester Mandy protokollierte, zwei Tage und Nächte durchgeschlafen. Nun wollen wir mal sehen, was uns das gebracht hat. Bewegen sie bitte ihre Finger."

Ingo tat wie geheißen. Siehe da, es funktionierte. Auch die Unterarme konnte er anheben und die Beine selbständig anwinkeln. Nur der Kopf, nein, der war wie angewachsen an das Kopfkissen.

„Wir haben sie in ein Korsett für den Rücken- und Halsbereich gepackt, da zwei ihrer Halswirbel angebrochen sind. Damit werden sie noch einige Zeit verbringen müssen. Aber zunächst einmal bringen wir sie auf ihre Station. Hier auf der Intensiv haben sie nun nichts mehr verloren."

Er lächelte Ingo an, klopfte ihm mit der flachen Hand auf den Bauch und verschwand.

„Aber nur 10 Minuten, nicht länger," hörte er Schwester Katharina sagen.

„Ist klar, Schwester. Wie wollten nur mal nach ihm sehen."

„Schon gut, ich schau dann wieder rein."

Die Tür wurde geschlossen und Schritte näherten sich seinem Bett. Dann kamen von links und rechts zwei besorgt blickende Gesichter in sein Blickfeld. Er kannte beide, aber die Namen ....

„Was machste denn für Sachen, Alter?" fragte das rechte Gesicht.

„Jagst uns hier nen Schreck ein," sagte das anderer Gesicht.

„Hmm," meinte da Ingo sehr facettenreich.

„Hmm. Was issn das für ne Begrüßung. Kannste deinen alten Kumpels nicht mal ordentlich guten Tag sagen?"

„Entschuldigung, bitte wer sind sie?" fragte Ingo.

Die zwei sahen sich verblüfft an.

„Jetzt willste mir verscheißern, Ingo. Ich bin es, dein Kumpel Bert", sagte der rechte Besucher.

„Und icke bin es, Klaus. Und wir drei, wir sind NIEMAND", SAGTE der linke Besucher.

„Ich verstehe kein Wort. Bert, Klaus, Niemand....was soll das alles?"

„Mann oh Mann. Da hat dir diese fette Sau aber ganz gewaltig einen vor die Birne gehauen. Na lass mal, den greifen wir uns noch. Ist ja auch zu doof gelaufen. Konnte doch keiner wissen, dass der nicht alleine war."

Ingo versuchte sich zu erinnern. Wie Lichtblitze aus einer Nebelwand schossen Bilder auf ihn zu. Ein riesiger Mann mit einem Baseballschläger in den Händen kommt auf ihn zu und diese zwei da vor ihm prügeln sich mit vier anderen Kerlen.

Jetzt....ein neues Bild.

Durch einen roten Schleier sieht er die zwei davonlaufen. Er hebt seine Hand und will rufen, aber sie drehen sich nicht um.

„Ihr habt mich im Stich gelassen," sagt er leise.

„Ingo, Kumpel, so darfst du das nicht sehen. Wir lassen dich doch nicht im Stich, die waren einfach zu viele. Aber die kriegen noch ihr Fett weg. Schließlich sind wir NIEMAND."

„Verdammt noch mal, was wollt ihr immer mit dem NIEMAND?"

„Hey, WIR sind NIEMAND. **NIE**der **M**it **A**llen **N**otorischen **D**icken, NIEMAND. Wir jagen fette Säcke, mischen sie auf, diese Nichtsnutze der Nation. Wem nützen die schon? Kosten nur Geld, weil sie ständig krank sind. Die sind dumm, faul, stinken, weil ungepflegt und gefräßig und......deine Worte Ingo.....verletzen das ästhetische Empfinden deiner Augen. Lass uns nur machen, dieser fetten Qualle schlitzen wir den feisten Wanst auf. Wenn wir den......"

„Ich glaube kaum, das dieses Thema der Genesung des Patienten dienlich ist", kam eine scharfe Stimme von der Tür her. „Sie gehen jetzt besser!!"

„Aber die 10 Minuten..."

„Sofort ! !" Schwester Katharina lies keinen Widerspruch zu.

„Tschö Ingo. Gute Besserung. Wir schauen demnächst wieder rein."

Ingo schwieg.

3.

Seine Gedanken wirbelten umher und verwirrten ihn. NIEMAND...Kampf den fetten Menschen. Erst bruchstückhaft, dann immer deutlicher kamen Szenen in sein Gedächtnis zurück. Fette Menschen, dicke Wänste, Kreaturen die ständig schwitzen, kurzatmig und ungepflegt sind, die sich mit Zeltplanen statt Designerklamotten kleiden. Pralle Schenkel, Bäuche, die über Hosengürtel quellen und wabbern, Augen, die zwischen Fettschlitzen hervorblinzeln, Atemnot, schwabbelige Oberarme, schweißüberströmte Gesichter,

47

strähnige Haare, Männer mit Fettbrüsten und Bierbauch. Wenn diese Missgeburten, diese Ekelpakete dann noch in der Öffentlichkeit essen und trinken, mit dicken Backen schmatzen und fressen, das Fett am Kinn hinabtropft......ein Gefühl des Ekels kam in ihm hoch. Ja, er verabscheute Dicke, besser gesagt, er hasste sie.

Es explodierte alles, als ihn seine Freundin vor einem Jahr verlies und sich einer fetten Qualle an den Hals warf. Krankenhausreif schlug er diesen Fettklos unter Mithilfe von Bert und Klaus, ohne dass es Zeugen gab. Von da an starteten sie eine regelrechte Treibjagd auf übergewichtige Menschen, und er war die treibende Kraft. Auch vor weiblichen Zielpersonen schreckten sie nicht zurück.

Zuletzt wurde die Presse auf die Serie von Übergriffen aufmerksam und das Thema wurde öffentlich diskutiert. Viele schlugen sich verbal auf die Seite von NIEMAND, ohne dass man wusste, wer dahinter steckt. Selbst als eine junge Frau an den Verletzungsfolgen verstarb, gab es so gut wie keine Mitleidsbekundungen. Nur wer schlank und schön sei, habe eine Existenzberechtigung, war immer häufiger zu hören.

Übergewichtige Menschen wurden von bis dahin unauffälligen Mitmenschen auf offener Straße angepöbelt und sogar körperlich attackiert. Jeder konnte NIEMAND sein. Besonders Menschen einer Altersgruppe, die den Körperkult besonders auslebten, ließen sich immer häufiger zu Übergriffen hinreißen. Kinder und Jugendliche wurden nur aufgrund ihres Erscheinungsbildes auf offener Straße oder dem Schulhof brutal verprügelt und die Polizei oder die Lehrer sahen untätig dabei zu.

„Wie geht es dir?"

Die mittlerweile wohlbekannte Stimme riss ihn aus seinen Gedanken.

„Mandy!!!! Wie schön, dass du da bist."

Rote Locken kamen in sein Blickfeld und er spürte, wie ihre Lippen zärtlich seine Wange küssten. Himmel, wie sehr sehnte er sich nach dieser Frau. Danach schob sich Mandys Engelsgesicht in sein Blickfeld, denn noch immer konnte er seinen Kopf keinen Millimeter bewegen. Welch ein Anblick.

Drei Wochen musste er nun schon in seinem Gefängnis verharren. Drei Wochen, in denen sich Mandy jeden Tag vor ihrem Dienstantritt nach seinem Befinden erkundigt hatte. Selbst an den freien Tagen lies sie es sich nicht nehmen, nach ihm zu sehen. Es war für sie Liebe auf den ersten Blick.

Auch Ingo musste immer wieder an dieses Engelsgesicht denken und bekam dabei Ameisen in den Bauch, ja sogar eine Erektion. Er sehnte den Tag herbei, da er Mandy richtig ansehen würde. Bislang blieben ihm nur die Blicke in die endlosen Tiefen ihrer Augen. Doch dort sah und spürte er, dass sie das gleiche, warme und gute Gefühl in sich trug, wie er es für sie empfand. Er empfand tiefes Glück.

„Ende der Woche kommst du aus dem Korsett raus," sagte sie, „aber das weißt du nicht von mir, klar?"

„Ende der Woche, das sind ja noch drei Tage," seufzte Ingo.

Sie stupste ihm mit dem Zeigefinger auf seine Nasenspitze.

„Nun sind sie mal nicht so ungeduldig, junger Mann," sagte sie leise, „und DAS lassen wir sowieso."

Sie wich mit einem Auflachen von ihm zurück, als sie merkte, dass er sie mit einer Hand berühren wollte.

„Nein, nein, werde erst mal gesund, bevor..."

„Sollen wir die helfen, Ingo? Was will diese fette Sau von dir?"

Berts Stimme zerstörte das vertraute Miteinander. Ingo erkannte die Stimme und sah, wie Mandy erstarrte und blass wurde. Wut stieg in ihm hoch.

„Was redest du da für einen verquirlte Scheiße, Bert," rief er zornesbebend.

„Hey, Qualle, verpiss dich, bevor wir dir die Fresse polieren," hörte er Klaus sagen.

„Halts Maul, Klaus," schrie Ingo. Er sah Mandys bleiches Gesicht, das sich von ihm entfernte.

„Mandy, nein, bleib bitte."

„Ich muss zum Dienst," sagte sie mit abwesender Stimme, „gute Besserung, Herr Deutschmann;"

„Mandy, bitte bleibe."

„Ist auch besser, wenn du dich verziehst. Du stinkst, du Fettwalze;" rief Bert.

Ingo versuchte mit aller Kraft, sich aufzurichten, als er Mandy aufschluchzen hörte, doch er scheiterte kläglich.

„Habt ihr sie noch alle?" schrie er die beiden an. Er bebte vor Zorn.

„Was willst du, Alter. Hast du dir die Tussi schon mal genauer angesehen?" fragte Bert, der sich nun über Ingo beugte. Er blies die Backen auf und deutete mit seinen Händen einen Halbkreis vor seinem Gesicht.

„Sooo fett ist die Alte. Einfach eklig sag ich dir. Aber, die knöpfen wir uns noch vor, das verspreche ich dir."

„Wenn ihr Mandy auch nur ein Haar krümmt, dann..."

Bert sah Klaus an und meinte:

„Hörst du das? Der muss da oben doch mehr abbekommen haben ." Dabei tippte er sich an die Stirn.
„Lass mal Ingo, werde erst mal gesund. Wir regeln das schon.."
In Ingo stieg Panik auf. Er überlegt krampfhaft, was er unternehmen könnte. Dann sagte er:
„Hey Alter, warte doch, bis ich wieder fit bin. Dann kann ich die selbst platt machen. Schließlich hat sich mich ja auch angemacht, oder? Dann steht mir das zu."
Bert schwieg einen Moment und sagte dann breit grinsend:
„Na klar, Kumpel, das leuchtet ein. Wir heben sie dir auf. Aber wir wollen dabei sein, wenn du sie platt machst."
„Versprochen, ihr seid dabei:"
„Na, du bist ja doch noch der Alte. Bekam schon nen Schreck. Also, pass auf dich auf. Bis denne."

„Danke, Stefan, bis zum nächsten Mal."
„Bis zum nächsten Mal, Ingo," sagte Stefan, Ingos Physiotherapeut, und verließ das Zimmer.
Seit vier Tagen war Ingo vom Korsett befreit. Langsam sollte mittels Stefans Behandlung wieder Beweglichkeit in seinen Körper kommen, aber es war ein mühsames Geschäft. Hinzu kam, dass er seit dem unsäglichen Zusammentreffen von Mandy mit Bert und Klaus seine Traumfrau nicht mehr gesehen hatte. Nun, da er sich schon im Bett kurz auf seine Ellenbogen aufstützen und den Raum einigermaßen überblicken konnte, ließ sie sich nicht mehr blicken. Aufstehen war ihm noch strikt untersagt, also blieb ihm nur das warten.

Am Abend jedoch war seine Geduld an Ende. Draußen war es dunkel, Mandys Nachtschicht musste bereits begonnen haben. Vorsichtig schob er seine Beine aus dem Bett. Ihm wurde schwindelig und übel, deshalb hielt er inne. Ein riesiger Wasserfall rauschte in seinen Ohren. Endlos schien ihm der Gang seiner Station, den er sich entlang kämpfte und sich dabei krampfhaft am Geländer an der Seite festhielt. Keine Schwester war zu sehen, als er den Flur Meter um Meter durchwankte. Endlich war er an den Aufzügen und zum Glück kam schnell eine Kabine, die ihn hinab in die zweite Etage beförderte. Dort befand sich, wie er von Mandy wusste, der Eingang zur Intensivstation, die verschlossen und nur über einen Kartenleser zu öffnen war. Ein Telefon hing daneben. Kurz entschlossen griff er danach und lauschte.

„Ja bitte?"

Die Stimme lies ihn erstarren. Es war Mandy. Ingo versuchte seine Stimme zu verstellen und hielt sich zusätzlich die Nase zu:

„Dr. Schiller. Meine Karte funktioniert nicht. Ich komme nicht rein. Bitte öffnen sie mir."

Sofort legte er auf, ohne eine Antwort abzuwarten. Die Sekunden dehnten sich zur schier endlosen Wartezeit. Dann hörte er Schritte und eine Person wurde in Umrissen durch die Glastür sichtbar. Die Tür schwang auf und zwei Menschen erstarrten.

Keiner wusste, wie lange man so dastand. Ingo war der erste, der seine Worte wiederfand.

„Ich musste dich sehen."

„Bist du wahnsinnig?" sagte Mandy scharf, „was um alles in der Welt machst du?"

„Ich musste dich sehen, Mandy," sagte er nochmals und sah sie flehentlich an.

„Bleib hier stehen und rühre dich nicht vom Fleck. Ich bin in 10 Sekunden wieder da."
Sie wirbelte herum, die Tür schloss sich. Ingo begann bis zehn zu zählen. Bei neun öffnete sich die Tür und Mandy kam zurück. Sie schob einen Rollstuhl vor sich her. Vorsichtig setzte sie nun Ingo in den Stuhl und fuhr ihn anschließend zu den Aufzügen.
„Mandy, bitte rede mit mir," sagte Ingo.
Er hörte nur, wie sie mit ihrem Fuß nervös auf den Fußboden tippte und mehrfach auf den Rufknopf des Aufzuges drückte. Ingo versuchte den Rollstuhl zu drehen, um sie anzusehen, aber Mandy hielt den Rollstuhl fest in ihren Händen. Ingo versuchte sich aus dem Rollstuhl zu erheben. Mandy zischte:
„Bleib sitzen, oder willst du dich umbringen. Eine falsche Bewegung und du kannst querschnittsgelähmt sein."
Ingo schüttelte wie wild den Kopf:
„Nein, ich will dich sehen,"
„Halte deinen Kopf still Ingo, bitte. Du hast ja keine Ahnung, was...."
„Ich will dich sehen," sagte Ingo stur und schüttelte weiter seinen Kopf.
„Halte deinen Kopf ruhig.....dann komme ich auf die andere Seite."
Ingo hielt inne und wartete. Langsam sah er aus seinen Augenwinkeln eine hell gekleidete Gestalt um den Rollstuhl herumkommen.
Dann stand sie in voller Größe vor ihm und sah auf ihn mit ihrem Engelsgesicht hinab. Hinter ihr glitt die Fahrstuhltür zur Seite und umrahmte sie mit dem sanften Licht der Kabine. Als sich die Tür wieder schloss, sah er Mandy genauer an. Das ihm wohlbekannte Engelsgesicht

gehörte zu einem Körper, der eigentlich nicht zu diesem Gesicht passte. Mandy war nicht fett, wabbelig oder gar unansehnlich, aber sie war auch gewiss kein Mannequin. Ihr weißer Arbeitskittel spannte sich über große Brüste; zu groß für Ingos Geschmack. Ihr Körper, besonders ihre Beine, war gedrungen ohne ausgeprägte weibliche Formen. Die Hüfte zeichnete sich kaum von der Taille ab. Doch kaum sah er ihr wieder ins Gesicht, war er fasziniert von diesem Anblick. Er hörte sich sagen:
„Du bist wunderschön.“
Sie stemmte ihre Hände in die Seite und meinte:
„Können wir nun fahren?“
Ingo strahlte sie an und nickte.
„Du sollst den Kopf still halten,“ sagte sie und drückte wieder auf den Aufzugknopf.

Drei Monate später in Ingos Wohnzimmer....

„Weißt du, es ist wie eine Sucht, eine Krankheit. Wenn du nur einen Bissen zu dir nimmst, dann hörst du nicht mehr auf. Erst wenn du vollgestopft bist, wirst du dir darüber bewusst, was du gerade getan hast. Eine unsagbare Wut auf dich selbst kommt in dir hoch, aber es ist zu spät, denn die Kalorien sind im Körper drin und du kannst förmlich zusehen, wie sie sich in dir festsetzten und dich verformen. Du nimmst dir vor, felsenfest vor, es nie wieder zu tun. Bis zum kommenden Tag, da geht die gleiche Scheiße wieder von vorne los. Und so wirst du dicker und dicker und dicker und fetter und fetter. Bald kannst du dich selbst nicht mehr ausstehen, aber das gibst du natürlich nicht zu. Ständig brauchst du neue Klamotten, weil die alten Fummel kneifen und nicht mehr passen. Und mit jeder Kleidergröße mehr musst du auf modische Dinge verzichten. Du beginnst dich zu hassen und trotzdem frisst du weiter. Es ist die Hölle, du schämst dich und jeder zeigt mit dem Finger auf dich und meint, dass man sich doch nur zusammen nehmen muss."

„Stimmt ja auch," meint da Ingo.

Mandys Augen blitzen zornig auf.

„Ja, ich weiß," fauchte sie, „es ist so einfach. Du bist ein elender Ignorant. Für alle habt ihr Verständnis. Für Alkoholiker, für Fixer. Och Gottchen, die armen Menschen, die sind krank. Aber über die Dicken wird ohne Ansehen der Person der Stab gebrochen. Auf den Scheiterhaufen mit ihnen, diesen Schandflecken unserer Gesellschaft. Anstatt erst zu hinterfragen, warum jemand so geworden ist.

Wohl denen, die schlank geboren wurden und es bleiben, weil das Essen nicht ansetzt. Es gibt glückliche Menschen, die essen können, was sie wollen und trotzdem schlank bleiben.

Dann gibt es Menschen, die können sich so sehr zusammen nehmen, dass sie nur noch Dinge essen, die gesund und kalorienarm sind. So bleiben sie schlank. Ich bewundere diese Menschen, aber ich gehöre leider nicht zu denen, die das können.

Und es gibt Menschen wie ich, die ständig aufpassen müssen, dies aber nicht ihr Leben lang schaffen. Mein Mann verlies mich vor eineinhalb Jahren, weil ich ihm zu fett wurde. Ich habe mich vom Kühlschrank trösten lassen und weitere 20 Kilo zugenommen. Bin ich deswegen ein schlechter Mensch?? Habe ich nicht auch das Recht auf Gefühl, Achtung und Respekt?? Was habe ich verbrochen, dass man mit mir so umgeht?? Was habe ich getan, dass diese Kerle, deine sogenannten Freunde, so mit mir umgehen, als ich dich in deinem Krankenzimmer besuchte? Ich bin ein Mensch, Ingo, ein Mensch mit Gefühlen und Empfindungen, verstehst du?" Ihre Augen füllten sich mit Tränen. Sie warf verzweifelt den Kopf in den Nacken, wischte sich eine Träne aus dem Augenwinkel und zog die Nase hoch. Betroffen sah Ingo sie an.

Zwei Stunden zuvor stand Mandy unangemeldet vor seiner Tür. In den vergangenen Monaten hatten sich beide regelmäßig getroffen, hatten geredet und viel Zeit miteinander verbracht. Für Mandy wurde es von Woche zu Woche klarer, dass Ingo der Mann war, mit dem sie mehr als nur eine platonische Freundschaft wollte. Doch Ingo blockte alle Annäherungsversuche ab.

Auch an ihm waren die letzten Wochen nicht spurlos vorübergegangen. Er fühlte sich sehr stark zu Mandy, der Frau mit dem Engelsgesicht, hingezogen. Doch ihre mehr als üppigen Rundungen ließen ihn immer wieder zurückschrecken, wenn sich mehr zu entwickeln schien, als nur ein zärtlicher Kuss.

Er war hin und her gerissen. Auf der einen Seite liebte er ihr hübsche Gesicht, ihre intelligente Art zu reden und die Hingabe, mit der sie ihn anbetete. Das so wunderbare Gefühl versickerte jedoch völlig, wenn er einen Blick auf ihren Körper warf. Nein, das war kein Körper, der Begehren in ihm weckte, der Sehnsüchte schürte. Ihre großen Brüste ließen ihn erschaudern. Es war nicht so, dass er sich vor ihr ekelte, aber es stellte sich auch nicht der Wunsch ein, diesen Köper zu entdecken und zu verwöhnen.

Er war sich im Klaren darüber, dass Mandy für all das nichts konnte, aber irgendwie konnte er nicht über seinen Schatten springen. Immerhin hatten seine Gefühle für Mandy dafür gesorgt, dass er sich seit Monaten an keinen Aktionen gegen Dicke mehr beteiligte.

Von Bert und Klaus hatte er sich losgesagt. Beide drängten ihn nach seiner Entlassung aus dem Krankenhaus, nun endlich dieser fetten Schwester einzuheizen, wie er es versprochen hatte. Als er durchblicken ließ, dass er mehr Sympathie als Hass für Mandy empfand, erntete er erst höhnisches Gelächter. Dies verwandelte sich in die unverhohlene Drohung, Mandy aufzulauern, und alles selbst in die Hand zu nehmen.

So kam Ingo jeden Tag zum Krankenhaus, um Mandy abzuholen, was diese gänzlich falsch interpretierte. Er war nun in einer Zwickmühle. Zwar empfand er für Mandy mehr als nur Zuneigung. Immer wieder durchfloss ihn ein gutes, warmes Gefühl, wenn er in ihr Gesicht sah, wenn sie ihn seiner Nähe war.

Nach etlichen Versuchen, mehr von Ingo zu bekommen als nur nette Worte und hin und wieder einen Kuss, platze Mandy der Geduldsfaden. Heute nun stellte sie ihn unmissverständlich vor die Frage, was er wolle.

Er versuchte ihr, nach anfänglichem herumstottern, mit einfühlsamen Worten zu erklären, dass er mit ihrem Erscheinungsbild nicht klar kommt. Nur, wie kann man diese Tatsache einem Menschen einfühlsam näher bringen, ohne ihn mit diesen Worten zutiefst zu verletzen??

Ein Unterfangen, dass von vorne herein zum Scheitern verurteilt war. So kam es zu der Diskussion über Übergewicht und Fettsucht im allgemeinen und zu Mandys Tränen.

„Du gehörst wohl auch zu denen, die diese NIEMAND Gruppe gut finden. Dicke zusammenschlagen, das macht doch Spaß, oder??"
Ingo schwieg betroffen. Sollte er es ihr sagen, oder lieber nicht. Er entschied sich zu schweigen.
„Was sind das für Menschen, die Gott spielen? Ich wette, diese zwei Typen, die dich besuchten, gehören auch dazu, oder?"
„Ich weiß nicht," sagte Ingo leise. Mandy ging gar nicht darauf ein.
„Jeder Mensch ist anderes, aber jeder hat ein Recht auf Leben, auch dicke Menschen, oder etwa nicht?"
Ingo schwieg.
„Sag endlich etwas," schrie sie ihn an und Tränen der Verzweiflung flossen ihr über beide Wangen. Sie spürte, wie sie etwas verlor, das sie noch gar nicht so richtig in Händen hatte, sich aber so sehr wünschte. Es war wie eine Hand voller Sand, voller Meeressand. Wenn man davon etwas nimmt und die Hand dann zudrückt, rinnt der Sand durch die Finger, je mehr man zudrückt und man steht an Ende mit leeren Händen da.
„Ingo, du bist in mein Leben gekommen wie ein Blitz. Alles plätscherte so dahin, bis du kamst. Ich habe mich in der ersten Nacht, da du auf der Intensiv wach wurdest, in dich verliebt. Mein Gott, war ich verrückt nach dir. Als dann diese zwei Affen in dein Zimmer kamen, habe ich mich geschämt, weil ich so dick bin und blieb weg. Aber dann kamst du, und suchtest mich, obwohl es verdammt

gefährlich für dich war. Warum, Ingo? Warum hast du das getan?"

„Du bist mir nicht egal, Mandy, das weißt du. Auch ich hatte damals Ameisen im Bauch, wenn ich dich sah. Ich habe dich begehrt. Aber...ich kann einfach nicht über meinen Schatten springen."

„Aber warum hast du nicht gleich gezeigt, dass dich das stört." Dabei deutete sie mit beiden Zeigefingern auf ihren Körper.

„Weil ich bis dahin nur..."

Es klingelte an der Wohnungstür. Ingo hielt inne, stand auf und ging zur Tür.

Als er öffnete, sah er einen Ausweis, den man ihm vor die Nase hielt.

„Herr Deutschmann, Ingo Deutschmann?"

„Ja, der bin ich."

„Kriminalpolizei, ich bin Inspektor Schäfer, das ist mein Kollege Herbst. Herr Deutschmann, ich nehme sie fest wegen der Mitgliedschaft in einer kriminellen Vereinigung und wegen mehrere Körperverletzungsdelikte."

„Bitte, was wollen sie?"

„Hier ist der Haftbefehlt, Herr Deutschmann. Bitte packen sie die nötigsten persönlichen Dinge ein und folgen sie uns aufs Präsidium."

„Aber ich verstehe nicht....."

„Was ist los, Ingo, was wollen die?" fragte Mandy, die nun auch zur Tür gekommen war.

„Ich soll mitkommen, die sind von der Polizei."

„Und weshalb sollst du mitkommen?"

Inspektor Schäfer sagte:

„Sie kennen doch sicherlich die Gruppe NIEMAND. Und sie kennen sicherlich auch die Herren Bert Schlüter und

Klaus Höfner. Beide sitzen bereits in Untersuchungshaft und haben wenig Nettes über sie erzählt. Sie, Herr Deutschmann, sie sind der Kopf von NIEMAND und verantwortlich für mindestens zehn schwere Körperverletzungen. Also nun kommen sie mit und machen sie keine Umstände."

Ingo drehte sich um und sah Mandy an.

Diesen Gesichtsausdruck würde er wohl nie mehr im Leben vergessen.

Blankes Entsetzen, Wut, Angst, grenzenlose Enttäuschung, von allem war etwas zu sehen. Für Mandy brach eine Welt in Sekundenbruchteilen zusammen.

„Du?", fragte sie mit erstickender Stimme und presste die flache Hand auf ihrem Mund, um den Schrei, der heraus wollte, zu ersticken. Ihr Körper begann zu beben und zu zittern. Ingo tat einen Schritt auf sie zu und wollte sie an den Schultern berühren. Sie wich zurück und ohrfeigte ihn mit aller Kraft.

„Wage dich, und fasse mich an," schrie sie bebend vor Wut. Abrupt ging sie in das Wohnzimmer, nahm ihre Tasche und kehrte zur Tür zurück.

„Ich will dich nie, nie wieder sehen, Ingo Deutschmann. Der Teufel soll dich holen."

Letzteres schrie sie heraus, dass sich ihre Stimme dabei überschlug.

Ohne einen Blick zurück verließ sie die Wohnung.

Ingo wollte ihr folgen, doch der feste Griff der beiden Beamten an seinen Schultern hinderte ihn daran.

„Mandy," schrie Ingo, „ich liebe dich, Mandy." Immer wieder rief er diesen Satz. Panik schwang in seiner Stimme.

Seine Worte verhallten ohne eine weitere Reaktion.

Mandy presste sich beide Hände auf die Ohren, während

sie die Treppe hinabstolperte und vor lauter Tränen fast ins straucheln kam.

Ingo Deutschmann wurde ein halbes Jahr später wegen Mitgliedschaft in einer kriminellen Vereinigung, wegen schwerer Körperverletzung in elf Fällen, in Tateinheit mit einer schweren Körperverletzung mit Todesfolge in einem Fall zu einer Freiheitsstrafe von acht Jahren und neun Monaten verurteilt.
In der Justizvollzugsanstalt ließ er sich in einem Fernlehrgang zum Ernährungsberater ausbilden und strebt eine Tätigkeit in diesem Berichte nach seiner Entlassung an.

Mandy kündigte ihre Stellung im Stadtkrankenhaus und lebt heute in einem kleinen Dorf an der Ostsee. Sie ist weiterhin als Krankenschwester tätig, verheiratet und hat eine zweijährige Tochter. Sie nahm nach der Schwangerschaft 10 Kilo ab. Ihr Ehemann akzeptiert sie so, wie sie ist und nahm ihr behutsam die Angst und die Scheu, sich so zu mögen, wie der Herrgott sie schuf. Es dauerte eine lange Zeit, bis sie die Scham ablegte und bis sie lernte, mit ihrem Körper in Einklang zu kommen.
Ingo und Mandy hörten nie wieder voneinander

Muttchen und Papa

Immer wieder ich. Warum nur? Warum bin immer ich an der langsamsten Kasse?
Die Chance war fünfzig fünfzig. Ich nehme die kürzere Schlange und nun das !!
Was lernen wir daraus? Bewerte künftig nicht nur die Länge der Schlange, sondern bewerte außerdem noch die Struktur der Schlange. Will heißen, guck Dir die Wagen an, wie viel drin ist und guck Dir vor allem die Leute an, die an den Wagen stehen. Das ist noch viel wichtiger, als der Inhalt. Die Schieber richtig einschätzen, das ist der Schlüssel zum Erfolg
Stell' Dich nie, niemals, auf gar keinen Fall hinter Muttchen und Papa an. Das geht schief, sage ich Dir. Jetzt weiß ich das auch. Aber damals. Ich sag Dir.

Das Förderband war in greifbarer Nähe. Gleich darf ich auch meine Sachen drauflegen. Ein rascher Einkauf nach Feierabend nach einem anstrengenden Arbeitstag, meinen Wagen zu einem Drittel gefüllt. Das geht schnell. Aber diese Rechnung habe ich nicht mit Muttchen und Papa vor mir gemacht. Beide sind unter Garantie seit geraumer Zeit im wohlverdienten Ruhestand, haben also eigentlich Zeit, den ganzen Tag. Zeit die man sich einteilen kann.
Und was machen sie?
Gehen punkt siebzehn Uhr fünfzehn im dicksten Feierabendverkehr einkaufen. Den Wagen vollgepackt wie eine U-Bahn in Tokio zur Berufsverkehrszeit. Da wird auch von außen geschoben, damit alle reinpassen.

Ähnlich muss das bei dem Wagen vor mir funktioniert haben.

Endlich, die ersten Quadratzentimeter des Förderbandes werden frei. Papa greift sich eine Markierung zur Abgrenzung der gekauften Waren. Dann legt er ein, ja, ein Päckchen Vanillezucker auf das Band. Akkurat im rechten Winkel. Daneben stellt er ordentlich ein Döschen mit Kaffeesahne. So geht es weiter, Stück für Stück, einzeln auf das Band. Muttchen hilft mit. Den Kopf tief in den Wagen gesenkt. Die Dauerwelle hält.

Zu spät wird mir mein fataler Fehler nun klar und ich sehe das Förderband sehnsüchtig an. Die Kasse links von mir wurde mittlerweile geschlossen, ein Fluchtweg somit versperrt. Hinter mir noch zwei weitere Wartende. Einer, ein Bär von einem Mann, hat nur eine einzelne Dose Ananas, ungezuckert, in der Hand. Als ich ihn vor zwei Minuten vorlassen wollte, sagte er nur ruhig und gemütlich:

„Danke, aber isch hab Zeit."

Noch hatte er das Grauen nicht begriffen, das sich da zusammenbraute.

Das Förderband ruckelte weiter. Unruhe, weil Unordnung auf dem Band aufkommt. Papa versucht dem Herr zu werden und trippelt, Lebensmittel sortierend, neben dem Band her.

Muttchen ruft: „Papa, komm doch her und hilf mir. Soll ich dat hier alles alleine machen?"

„Aber ich muss doch......" ruft er von fast vorne am Band.

„Quatsch, lass dat und komm her." Papa pariert aufs Wort. Sichtlich unzufrieden ob der Unordnung, die ihm da entgegen kommt, trippelt er wieder nach hinten.

Kurz darauf stoppt das Band und gibt keinen Platz mehr zum Drauflegen frei.
Grund?
Der Trennbalken ist vorne angekommen.
Ratlosigkeit. Der Wagen st noch halb voll. Was nun.?
"Wat is, Herrschaften? Geht dat heut noch mal weiter hier?"
Die Kassiererin blickt tadelnd zu den beiden.
Aber dat Band is voll", entrüstet sich Papa.
„Da kriegste noch nen ganze Fußballmannschaft drauf. Gucken se mal, wat da für Lücken sind."
„Aber dat Band....." Weiter kommt Papa wieder nicht.
„Dann legen se eben manches es in zwei Schichten drauf." Papa zögert.
„Nun mach schon Opa, sonst werd ich sauer," kommt es etwas verzweifelt vom Träger der einzelnen Ananasdose hinter mir. Hastig werden nun Unmengen aus den Tiefen des Wagens auf das Förderband geschaufelt. Ich weigere mich dem Gedanken weiter zu folgen, wer um alles in der Welt das alles essen wird. Im Alter, dachte ich, braucht man doch nicht mehr so .... nein, also das geht wohl zu weit.
Dafür geht das Drama vor mir geht in die nächste Runde. Einräumen.
Sie wissen, wie schnell manche Kassiererinnen die Waren durch den Scanner jagen können. Diese war schnell, verdammt schnell. Zu schnell für Papa und Mutti.
Berge von Fischkonserven, Joghurt, Käse mit den unterschiedlichsten Fettanteilen und Geschmacks-richtungen, eine große Packung Corega Tabs, Bananen und eine Tüte Salzbrezel stauten sich hinter der Kasse auf

einem riesigen Berg der darauf wartete, sich in die Tiefen des Wagens zu ergießen.

Endlich kam dieser riesige Berg in Fluss. .Papa wurde wieder hektisch, weil alles vor seinen Augen im schieren Chaos durcheinander in seinen Wagen fiel. Hilflos fischte ein Teil heraus, um es dann wieder hinein fallen zu lassen, wenn die resolute Kassiererin den nächsten Schwall nachschob.

Sah ich da Tränen der Verzweiflung in seinen Augen? Egal, ich war dran. Ich durfte nun meine Sachen aufs Band legen. Hurra

Die Flut in den Warenkorb nah jäh ein Ende. Die Kassiererin nannte den Preis, doch nichts geschah. Die Kassiererin wiederholte mit einer zarten Stimmverschärfung die Summe.

Papa sah weiter verwundert in den nun wieder prall gefüllten Wagen. Mutti meinte nur:

„Papa, Geld"!

Papa erschrak, wie aus einem Traum geweckt.

„Wat?"

„Ge held !" Muttchen machte aus einer Silbe ganz einfach zwei, um ihrem Worten Nachdruck zu verleihen.

„Geld. Hmm. Ja. Geld." Dabei tastete er fast alle Körperteile ab, die ihm zugänglich waren, um dann doch zielsicher zur Geldbörse in der Gesäßtasche zu greifen. Er öffnet das zerknautschte Etwas und sah hinein. Er sah hinein und er sah hinein. Dann sagte er:

„Mutti, hast Du nicht das Geld einstecken."

Es könnte eine gemurmelte Morddrohung gewesen sein, die mein Ohr von hinten kommend erlauschte.

"Meinste?" sagte Muttchen

Die Kassiererin warf einen Blick zurück von ihrer Kasse in die Tiefen des Supermarkts ohne das Ende der

Schlange erkennen zu können. Augenblicklich schien sich ihr Blutdruck in einen bedenklichen Bereich zu schnellen. Aufgeregt klingelte sie eine Kollegin herbei, die auch sofort eine weitere Kasse öffnete. Zu spät für mich und die einzelne Ananasdose hinter mir. „Na, dann muss ich mal gucken," sagte Muttchen ungerührt und fing an, ihre Handtasche zu öffnen. Derweilen zogen Menschenmassen an der zweiten Kasse an uns breit grinsend vorbei. Oh Gott, dachte ich, bitte nicht auch das noch. Aber das Schicksal nahm unbarmherzig seinen Lauf.

Nach minutenlangem Suchen in den unergründlichen Tiefen dieses Monstrums, auch Handtasche genannt, fing Muttchen nun an, einzelne Teile auszuräumen. Mit dem, was da zum Vorschein kam, hätte man ganze Drogerien, Apotheken, Schreibwarengeschäfte, Parfümerien und Süß- und Kurzwarenläden komplett ausstatten können.

Alles war da, nur keine Geldbörse. Die Kassiererin war nun kurz vor dem Kollabieren. Hinter mir ertönte das typische Geräusch, das man von sich gibt, wenn jemand verzweifelt in den eigenen Handballen beißt.

Muttchen räumte sorgfältig die unvorstellbare Mengen wieder ein und sagte:

„Huch." Dabei hob sie mahnend den rechten Zeigefinger. Die Kassiererin zuckte hoch.

„Jetzt weiß ich's wieder," sagte Muttchen, griff in eine Stofftüte, die sie die ganze Zeit in der Hand hatte und zog strahlend die Geldbörse hervor.

Gierig grabschte die Kassiererin nach dem Geldschein und gab in Rekordzeit das Wechselgeld heraus.

Ja, yes, jaa. Mein Weg war frei. Meine Waren wurden gescannt.

Da schob sich Muttchens Hand mit dem Kassenzettel zwischen mich und der Kassiererin, deren Augen sich panisch weiteten.

„Mit ihrer Rechnung stimmt etwas nicht, junge Frau. Sie haben hier fünf Cent ......"

„Noch ein Wort, un isch bring disch um," tönte es dunkel und drohend direkt hinter mir.

"Sie Pflegel, ich verbitte ......"

„Isch mein et Ernst, Muttchen. Isch mein et todernst."

„Nennen Sie mich nicht Muttchen, sie..."

„Komm, Mutti, lass das. Dat isses doch nicht wert."

„So isses. Und nu, tschö mit ö," grollte es tief und dumpf hinter mir im besten Rheinländischen Dialekt,. Dabei schob sich eine mächtige Pranke in mein Blickfeld, die eine wedelnde Bewegung der Finger in Richtung Ausgang machte.

Ich sah mich mir meinen Hintermann darauf mit einem kurzen Blick an. Ja, man musste ihm seine Absichten glauben. Und tapfer hielt er in der anderen Pranke seine einzelne Dose Ananas, ungezuckert.

Ich zahlte die Summe, die mir genannt wurde und verließ den Laden, der immer wieder Geschichten fürs Leben schreibt.

Traum oder Wirklichkeit?

Dennis zuckte zusammen, als er die sanfte Berührung an seinem Kopf spürte.

„Wach werden, Schlafmütze," hörte er eine wohlvertraute Stimme.

„Guten Morgen, mein Liebling, es ist gleich sieben Uhr und der Kaffee wartet auf dich," sagte Jana, die sich an den Rand des Bettes gesetzt hatte und ihm zärtlich durch das Haare strich. Sie beobachtete amüsiert, wie er mühsam versuchte seine Augen zu öffnen.

„Hast du gut geschlafen?" fragte sie ihn.

Er ließ einen langen Seufzer hören und reckte seine Arme, begleitet von einem herzhaften Gähnen, zu beiden Seiten weit von sich.

„Ja, hab' ich," sagte er mit noch schwerer Zunge, „allerdings träumte ich einen absoluten Blödsinn."

„Was hast du denn schlimmes geträumt?"

„Hmm," sagte er und schwieg einen Moment. Dabei legte er seinen rechten Unterarm auf seine Stirn.

„Ich stand an einem Straßenrand neben einer jungen Frau."

„Na, das ist ja wirklich ein schlimmer Träum," frozzelte Jana.

„Dann machte diese Frau einen Schritt nach vorne, und wurde direkt danach von einem Auto erfasst. Ich sah, wie ihr Blut auf die Straße lief und sie war offensichtlich tot."

Jana schwieg schockiert.

„Das komische dabei...ich kenne diese Frau. Sie fährt mit mir jeden Morgen in der Straßenbahn."

„Wie, du kennst diese Frau?" fragte Jana.

„Wie man eben Menschen kennt, die jeden Morgen denselben Arbeitsweg haben. Man sieht sich, man grüßt sich eventuell, thats it."

„Hmm, seltsam," murmelte Jana.

„Das seltsame ist, dass ich die gleiche Szene nochmals träume. Allerdings saß ich da in der Straßenbahn und beobachtete diese Szene von meinem Sitzplatz aus."

„Ist schon komisch, was in unserem Gehirn in der Nacht geschieht. Und jetzt raus aus den Federn, du Murmeltier."

Jana ging ins Bad, um sich fertig zu machen für den vor ihr liegenden Tag. Seit ein paar Monaten war sie arbeitslos. Trotzdem versuchte sie einen gewissen Tagesrhythmus einzuhalten, um nicht ganz einzurosten. Sie wusch gerade ihr Gesicht mit eiskaltem Wasser ab, als das Telefon klingelte. Sie sah kurz auf das Display, lächelte wissend und meldete sich dann:

„Na, was haben wir denn heute vergessen?"

Außer Straßenlärm war nichts zu hören. Sie sagte:

„Dennis? Wo bist du? Was ist los?"

Dann hörte sie Dennis schwer atmen und Panik stieg in ihr auf.

„Liebling, was ist mit dir?"

Sie hörte, wie er tief Luft holte. Dann sagte er mit schleppender Stimme:

„Die Frau ist tot."

Jana war verwirrt: „Welche Frau?"

„Die Frau aus meinem Traum heute Nacht. Es war ganz genau so, wie ich es träumte. Ein Auto erfasste sie am

Straßenrand. Ich sah alles aus der Bahn. Kurz zuvor war sie ausgestiegen."
Jana erstarrte.

Am Abend versuchte sie ihn zu beruhigen.
„Du, das war ein ganz dummer Zufall," sagte sie.
Dennis schwieg. Es dauerte zwei Tage, bis er das Erlebte soweit verarbeitet hatte, dass er wieder zum normalen Tagesgeschehen zurückkehren konnte. Ständig stellte er sich vor, dass er dieses Unglück hätte verhindern können, wenn er neben der Frau gestanden und sie rechtzeitig vor dem verhängnisvollen Schritt bewahrt hätte.

Einen Monat nach diesem Erlebnis, hatte er wieder einen beklemmenden Traum. Schweißgebadet wachte er auf. Jana, die ihn gerade wecken wollte, strich über seine feuchte Stirn. Sorgenvoll sah sie ihn an.
„Günter," sagte Dennis leise, „ich sah Günter. Er war tot."
Jana erschrak: „Dein Kollege? Wieso das denn? Was hast du geträumt?"
„Günter lag in der geöffneten Aufzugtür und rührte sich nicht mehr."
„War es ein Traum wie neulich mit der Frau aus der Straßenbahn?"
„Ja. Ich sah ihn in einer anderen Szene in den Aufzug einsteigen. Dann hörte ich ein lautes Krachen."
„Weißt du noch, welcher Aufzug das war?"
„Na klar, der bei uns im Büro auf unserer Etage."
Jana riss ihm die Decke weg.
„Los, steh auf und beeile dich, vielleicht kannst du noch etwas daran ändern."
„Wie meinst du das?"

„Wenn sich alles so wiederholt, wie es schon einmal war, dann hast du die Chance, sein Leben zu retten. Los, Dennis, worauf wartest du?"

Die Türen der Straßenbahn öffneten sich. Dennis sprang heraus und eilte schnellen Schrittes in Richtung seines Arbeitsplatzes. Nach wenigen Minuten war das moderne Bürogebäude in seinem Blickfeld. Nochmals beschleunigte er seinen Schritt, rempelte mehrere Passanten an, die sich lautstark darüber beschwerten. Ohne darauf zu achten, hastete er auf eine der drei Drehtüren zu, welche die morgendliche Menschflut in das Gebäude aufsaugten.

Ein plötzlicher Ruck, und die Tür, für die er sich entschieden hatte, stand still. In Panik rüttelte er an einem der Flügel, doch nichts bewegte sich. Weder vor noch zurück.

„Versuchen sie nie den Tod zu überlisten," sagte eine Stimme hinter ihm. Es war ihm gar nicht aufgefallen, dass er nicht alleine in die Drehtür eingetreten war. Als er sich umdrehte, stand eine elegant gekleidete Dame mittleren Alters vor ihm und sah ihn ernst an. Dennis erstarrte. Es war die Dame aus der Straßenbahn, die er vor etwa einem Monat hatte sterben sehen. Er spürte, wie sein Blut in den Ohren rauschte, ihm wurde schwindelig.

„Versuchen sie nie den Tod zu überlisten," sagte sie nochmals. Ihm war, als ob sie durch ihn hindurchsah.

„Das gibt es doch nicht. Ich kenne sie. Wie ist das möglich, dass sie?... Das macht doch keinen Sinn"

„Alles hat seinen Sinn, glauben sie mir. Sie haben das dritte Auge. Sie haben Fähigkeiten, die nicht jeder Mensch hat. Sie können in ihren Träumen Dinge sehen.

Versuchen sie damit, Menschen zu helfen. Bei Krankheiten, Missgeschicken, oder ähnlichem. Aber versuchen sie nie, den Tod abzuwenden. Lernen sie, die Fähigkeit zu nutzen, aber lassen sie bestimmten Dingen ihren Lauf, sonst haben sie ihr eigenes Leben verwirkt."

„Wie?" fragte Dennis. „Wie kann ich das nutzen, wenn ich hier nicht herauskomme und Günter stirbt nur wenige Meter von mir entfernt."

„Haben sie mich nicht verstanden? Akzeptieren sie es. Sie werden noch lernen, was es bedeute, das dritte Auge zu besitzen, aber hüten sie sich davor, in diesen Dingen eigenmächtig zu handeln. Hüten sie sich davor, sonst sind sie es, der sterben wird."

„Was geht hier vor? Was geschieht hier?" fragte Dennis verwirrt.

In diesem Moment begann sich die Tür wieder zu drehen. Dennis wirbelte herum und drängelte sich durch den schmalen Spalt, der sich ihm öffnete. Kurz sah er zur Drehtür zurück. Sie war leer, von der Frau keine Spur.

Er rannte die wenigen Meter zu den Aufzügen. Auf dem Weg dorthin hörte er ein lautes Krachen und den schrillen Schrei einer Frau. Als er näher kam sah er, wie sich die Tür eines der Aufzüge halb öffnete und dann rhythmisch versuchte sich weiter zu schließen, dies jedoch nicht konnte, da irgendetwas klemmte. Gleichzeitig rutschte der Oberkörper eines Menschen aus der Türöffnung. Die Augen blickten starr zur Decke, Blut floss aus den Mundwinkeln. Es war Günter.

Dennis brachte Günters Beerdigung hinter sich. Es vergingen zwei Monate und er fand langsam wieder in den normalen Alltag zurück. Fast schon hatte er die

Begegnung mit der Frau in der Drehtür verdrängt, als er wieder einen schlimmen, einen ganz fürchterlichen Traum hatte.

Blutüberströmt lag seine Jana im Wohnzimmer auf dem Boden. Sie blutete aus einer großen Kopfwunde. In einer zweiten Szene sah er einen fremden Mann über den Balkon in die Wohnung einsteigen und kurz darauf hörte er Jana schreien.

Er schreckte hoch und sah sich um. Es war noch dunkel, der Wecker zeigte vieruhrzwölf am frühen Morgen, Jana schlief neben ihm friedlich im Bett. Dennis stand leise auf und ging in die Küche. Die mahnenden Worte der Frau in der Drehtür kamen ihm in den Sinn. Was sollte er nur tun? Er konnte doch nicht Jana einfach so ihrem Schicksal überlassen.

Um fünf Uhr ging er ins Schlafzimmer und weckte Jana. Sie zuckte zusammen und fuhr hoch. Augenblicklich war sie wach:

„Was ist los, Dennis? Geht's dir nicht gut? Wieso bist du schon so früh wach?"

„Ich habe wieder geträumt," sagte er.

Sie gähnte herzhaft und rieb sich die Augen mit einer Hand.

„Wer ist es denn diesmal?" fragte sie. Fast schien es ein wenig desinteressiert.

Dennis schwieg und sah sie an.

„Nun sag schon." Jana wurde etwas unwirsch.

„Ich habe dich gesehen. Ein Mann brach in unsere Wohnung ein und dann lagst du da. Alles war voller Blut."

Jana erstarrte. Ihr Blut pochte wild in ihren Schläfen.

Dennis packte sie mit beiden Händen an der Schulter und sagte:

„Das darf nicht geschehen, Jana. Es darf nicht, verstehst du?"

Jana nahm seine rechte Hand von ihrer Schulter und küsste sie:

„Ich passe schon auf mich auf, Dennis. Glaube mir. Nun, da ich deinen Traum kenne, kann ich mich dementsprechend vorsehen."

„Erinnerst du dich an die Frau, von der ich dir erzählte. Sie sagte mir, ich soll nicht versuchen, den Tod zu überlisten."

„Heißt das, ich soll hier ruhig warten, bis mich jemand ins Jenseits befördert? Ist das nicht ein wenig zu viel verlangt von dir, mein Lieber?"

„Aber Jana, sonst..."

„Es steht noch gar nicht fest, dass dein Traum wieder eintrifft. Es kann purer Zufall sein bei den andern beiden Träumen. Fahre ganz normal ins Büro, ich passe schon auf mich auf, versprochen."

Dennis telefonierte gerade mit einem Kunden, als die Tür zu seinem Büro geöffnet wurde. Er sah kurz auf und erstarrte augenblicklich.

Die Dame aus der Drehtür, die Dame aus der Straßenbahn, die Dame, die eigentlich tot sein müsste stand vor ihm. Ohne ein Wort zu sagen kam sie um den Schreibtisch herum. Dennis sagte zu seinem Gesprächspartner auf der anderen Seite der Leitung:

„Bitte entschuldigen sie mich einen ganz kurzen Moment, ich stehe ihnen sofort wieder zur Verfügung."

Er legte den Hörer auf seinen Schreibtisch und wollte gerade etwas sagen, als die Frau mit ihrer Handfläche seine linke Brustseite sanft berührte. Augenblicklich spürte er einen heftigen, stechenden Schmerz in dieser Region, der ihm schlagartig im Brustkorb ausbreitete und ihm den Atem nahm. Er stöhnte auf und griff sich mit beiden Händen an die Brust. Sein Oberkörper krümmte sich zusammen. Er spürte, wie es in seiner Brust heftig vibrierte und wie ihm schwindelig wurde.

„Jana hat die Wohnung verlassen und ist so ihrem Schicksal entgangen," sagte die Frau, wobei sie ihn ungerührt ansah. Dennis stöhnte laut auf.

„Bitte," flehte er, „ich bekomme keine Luft mehr."

Sein Atem war nur noch keuchend zu hören, der Schmerz in seiner Brust war unerträglich. Dennis schloss die Augen, Schweiß floss in Strömen an ihm hinab. Dann kippte er von seinem Stuhl auf den Boden, wo er auf dem Rücken liegen blieb. Als er versuchte, seine Augen zu öffnen, merkte er, wie der Schmerz plötzlich nachließ. Er schlug seine Augenlider auf und sah die Frau vor ihm stehen. Ein helles, grelles, weißes Licht umflutete sie, als sie ihm ihre Hand rechte und half aufzustehen.

„Komm, Dennis," sagte sie mit sanfter Stimme. Er folgte ihr in das helle Licht.

„Komm, Dennis," hörte er sie wieder sagen, aber er sah sie nicht mehr.

„Dennis, was ist denn los mit dir." Das Licht blendete ihn nun richtig unangenehm. Er hob den Arm und blinzelte. Verschwommen sah er Jana vor sich.

„Hey, es ist Sonntagmorgen und schon nach neun Uhr. Willst du den ganzen Tag verschlafen? Die Sonne scheint dir sogar schon ins Gesicht, aber das stört dich ja überhaupt nicht. Los, raus aus den Federn, wir wollten doch heute eine Radtour machen. Es ist so schönes Wetter und das Frühstück ist auf der Terrasse gedeckt.

Der Kaffee ist fertig, ich habe frische Brötchen geholt und einen Bärenhunger. Los jetzt."
Mit diesen Worten riss sie ihm die Decke weg und verließ das Schlafzimmer.

Wie kann man nur so einen Mist zusammenträumen, dachte Dennis und war froh, dass alles nur ein Traum war, einfach nur.........Träumereien.

Am Montagmorgen stieg Dennis wie üblich in die Straßenbahn. Als er einen Sitzplatz suchte, fiel sein Blick auf die Dame, die Bestandteil seiner (Alp)Träume war. Beide nickten sich, wie jeden Werktag, freundlich zu und murmelten dabei ein guten Morgen. Da der Wagen voll besetzt war und sich kein Sitzplatz für Dennis anbot, blieb er bei der Dame stehen. Als die Bahn sich der Haltestelle näherte, an der sie gewöhnlich ausstieg, erhob sie sich von ihrem Platz. Die Bahn ruckte etwas, sodass sie sich mit ihrer Handfläche auf seiner linken Brustseite abstützen musste. Sofort kam ihm wieder sein Traum in Erinnerung, als er ihre Hand spürte.
„Entschuldigung," murmelte sie, wobei sie ihn kurz ansah und lächelte.
„Kein Problem," sagte Dennis, „ich habe es ja überlebt."
Kurzes Schweigen. Dann sagte er:
„Passen sie auf, wenn sie über die Straße gehen. Wie schnell ist etwas passiert."
„Wie recht sie haben," antwortete die Dame. „Wie schnell ist etwas passiert, insbesondere, wenn man Warnungen in den Wind schlägt, Warnungen, die man zwischen Tür und Angel erhält. Wie rasch ist man selbst Opfer."

Dabei sah sie ihn durchdringend an, drehte sich um und ging zur Tür. Dennis nahm auf dem frei gewordenen Sitz Platz und sah aus dem Fenster. Wie jeden Tag standen draußen die gleichen Personen, um die Straße zu überqueren. Nur seine Gesprächspartnerin von eben fehlte. Er sah sich um, aber es fehlte von ihr jede Spur. Sie war verschwunden.

Ich liebe dich....

„Ich liebe Dich", sagt **sie** jeden Abend, nachdem sie sich im Bett behaglich ausgestreckt und tief durchgeatmet hat.

'Ich liebe Dich', denkst sie jeden Abend, kurz bevor sie sich zum Schlafen auf die Seite dreht, nachdem der Schließer das Licht gelöscht und zuvor durch den Türspion einen Blick in die Zelle geworfen hatte.

„Ich liebe Dich, aber ich werde Dich verlassen", sagte er, „denn es gibt eine andere, eine jüngere Frau in meinem Leben."
Sie war wie gelähmt.
Er setzte sich auf seinen Sessel und starrte vor sich hin.

Wie in Trance ging sie in die Küche, dachte dabei an ihren ersten Kuss mit ihm, an das gemeinsame Lachen mit den Kindern, die längst aus dem Haus waren, dachte an den Hochzeitstag vor 23 Jahren.
Tränenschleier verwischten ihre Umgebung. Sie ging hölzern, wie eine Puppe. Ein Orkan tobte in ihren Ohren.

„Ich liebe Dich", sagte sie, nachdem sie hinter den Sessel getreten war und ihm mit einem scharfen Küchenmesser die Kehle durchtrennt hatte und er röchelnd in sich zusammensackte.

Ich liebe dich....

„Ich liebe Dich", sagt er jeden Abend, nachdem er sich im Bett behaglich ausgestreckt und tief durchgeatmet hat.

'Ich liebe Dich', denkt er jeden Abend, kurz bevor er sich zum Schlafen auf die Seite dreht, nachdem der Schließer 2das Licht gelöscht und zuvor durch den Türspion einen Blick in die Zelle geworfen hatte.

„Ich liebe Dich, aber ich werde Dich verlassen", sagte sie, „denn es gibt einen anderen, eine jüngeren Mann in meinem Leben."

Er war wie gelähmt.
Sie setzte sich auf ihren Sessel und starrte vor sich hin.

Wie in Trance ging er auf und ab, dachte dabei an den ersten Kuss mit ihr, an das gemeinsame Lachen mit den Kindern, die längst aus dem Haus waren, dachte an die wundervolle, ersten gemeinsamen Jahre.
Tränenschleier verwischten seine Umgebung. Hölzern, wie eine Puppe lief er. Ein Orkan tobte in seinen Ohren, als er vor ihr stehen blieb.
„Ich liebe Dich", sagte er, nachdem er zitternd seine Hände von ihrem Hals gelöst hatte und sie lautlos, mit eingedrücktem Kehlkopf, in sich zusammengesackt war.

Persona non grata

„Das darf es in unserer Gemeinde nicht geben. Solche Personen haben hier nichts verloren, und solange ich Bürgermeister bin, wird es das nicht geben. Punktum." Kurt Schubert schlug mit der flachen Hand dabei auf den Tisch und sah die Damen und Herren des Gemeinderates erwartungsvoll an. Nur kurz herrschte Stille im Sitzungssaal, dann klatschten, mit einer Ausnahme, alle ihrem Bürgermeister Beifall.

Schubert genoss sichtlich die Zustimmung des Gremiums. Agnes Windhorst meldete sich zu Wort. „Ich beantrage darauf einzuwirken, dass dieser Person umgehend eine Räumungsklage zugestellt wird. Knut Harms, der Vermieter des Hauses, in dem diese ... diese Person ihrem Gewerbe nachgeht, muss dabei unbedingt mit eingebunden werden. "

Vor lauter Erregung hatten sich die Wangen der Landarztwitwe glühend rot gefärbt

„Bei mir bekommt sie ab sofort nichts mehr und hat Hausverbot," fügte Egon Müller hinzu, seines Zeichens Lebensmitteleinzelhändler und Filialleiter im einzigen Supermarkt am Ort.

Und zum Tanken braucht diese feine Dame auch nicht mehr zu kommen. Keinen Tropfen erhält sie von mir," fuhr Hubert Schön fort.

„Sehr gut, meine Herren," meinte nun Käthe Wilhelm, die Schulrektorin der Grundschule in Winkelsdorf. „Wir müssen unsere Kinder vor einem solchen Sündenbabel fern halten. Schlimm genug, dass es das in Hamburg gibt. Aber Hamburg ist weit weg, und hier soll es anständig und sauber bleiben." Ihre knochige Hand, zur Faust geballt, pochte dabei immer wieder energisch auf den

Tisch. „Dafür stehe ich mit meinem guten Namen," brachte sich Kurt Schubert wieder ins Gespräch. Seine buschigen Augenbrauen hoben sich drohend empor. Mahnend hob er den Zeigefinger und sagte „In unserer Gemeinde gibt es kein Platz für solche so genannte Damen. Ständig diese Autos aus Hamburg, die unsere Dorfstraße zuparken. Es geht zu, wie in einem Taubenschlag. Eine Schande ist das und es erfüllt mich mit Ekel, wenn ich mir vorstelle, was in diesem Haus geschieht." Dabei machte er ein Gesicht, als würde er sich gleich übergeben müssen. Beifälliges murmeln der Damen am Tisch bestätigten ihn.

„Ich werde morgen höchstpersönlich zu dieser ... Person hingehen in ihr Studio, wie sie es nennt, und ihr unmissverständlich unserer Position klar machen." Agnes Windhorst legte ihre Hand auf Schuberts linke Hand und tätschelte sie.

„Ich bin so froh, dass wir einen so integren, soliden und zuverlässigen Bürgermeister haben wie Sie, Herr Schubert."

Dieser sah verlegen unter sich und tätschelte seinerseits ihre Hand und sagte: „Das ist doch nichts Besonderes, Frau Windhorst. Ordnung und Moral sind nun mal unser höchstes Gut, und dafür stehe ich. Für Sauberkeit, Ordnung und Moral. Ich verabscheue alle Männer, die sich dazu herablassen, zu solchen Weibern zu gehen und noch Geld dafür zahlen. Ganz wichtig ist und bleibt für mich die Institution der Ehe. Ich bin da bestens versorgt und mir fehlt an nichts."

„Ich beneide Ihre Frau," sagte Agnes Windhorst, „endlich mal ein Mann, der nicht in das Klischee passt, dass man allgemein so von Männern hat."

"Wie meinen Sie das denn?" fragte da Hubert Schön leicht aufmüpfig.

Agnes beeilte sich zu sagen:

„Anwesende sind selbstverständlich ausgeschlossen." Zu Schubert gewandt fuhr sie fort:

„Ich bin sicher, dass sie mit der Schließung dieses Schandflecks Ihrer Bewerbung zur Wiederwahl zum Bürgermeister die Krone aufsetzen werden. Und damit sind Ihre Chancen, demnächst im Landtag für uns zu sitzen ebenfalls erheblich gestiegen. Ich höre es schön förmlich," sinnierte Agnes, wobei ihre Augen in die Ferne schweiften und ihre Hand einen Schriftzug in die Luft zeichnete.

„Kurt Schubert, Mitglied des Landtages."

„Ich warte demütig die Entscheidung des Souveräns, des Wählers, ab. Dann sehen wir weiter," meinte Schubert darauf nur." Haben wir noch Punkte, die zu besprechen sind?"

„Ja, Herr Schubert," meldete sich Jan Kiesewetter, der bisher geschwiegen hatte.

„Es geht um noch mal um den Harms, diesmal um die Flächen in den Eichauen. Im Flächennutzungsplan wurde dieses Gebiet ja schon als Bauerwartungsland ausgewiesen

Der Bebauungsplan ist nun fertig und wir könnten recht zügig mit der Erschließung des Gebietes beginnen."

„Und?" fragte Schubert, „woran hängt es noch?"

„An Ihrer Unterschrift, damit Knut Harms seine Entschädigungssumme erhält," sagte Kiesewetter. Ein wohliges Gefühl durchfloss Schubert, als er mit seiner Unterschrift die Zahlung freigab.

„Sagen Sie," fragte Kiesewetter, während Schubert an den notwendigen Stellen die Dokumente unterzeichnete,

„wie kam es, dass Harms so plötzlich zustimmte, dass er die Eichauen frei gab. Er war doch strikt dagegen, dass dort dieses Gewerbegebiet entsteht."

Schubert schrieb weiter und schwieg. Als er fertig war, sah er auf. Er steckte seinen Montblanc in seine Jackettinnentasche und sah Kiesewetter dabei durchdringend an.

„Die richtigen Argumente, Kiesewetter. Die richtigen Argumente zur richtigen Zeit."

„Welche Argumente sind das, Herr Schubert? Was haben Sie Ihm versprochen, ."

„Kiesewetter, das hört sich ja an, als ob Sie vermuten, ich hätte dort gemauschelt."

Dabei schüttelte er tadelnd den Kopf und lächelte süffisant und die anderen Ratsmitglieder ließen ein leises Lachen hören. Schubert legte beide Hände flach auf seine Brust und sagte jetzt vorwurfsvoll: „Ich, Kiesewetter," dabei klopfte er sich mit der flachen Hand mehrfach auf den Brustkorb. „Ich, der ausschließlich das Wohl der Gemeinde im Auge hat, mauschelt nie. Ich hasse Unaufrichtigkeit und Intrigen. Das Gewerbegebiet bringt uns Einnahmen aus der Gewerbesteuer und schafft Arbeitsplätze. DAS, Kiesewetter, liegt mir am Herzen. Und DAS, Kiesewetter, hat auch Bauer Harms verstanden. So einfach ist das."

„Aber ich weiß...."

Schubert schnitt ihm mit einer Handbewegung das Wort ab.

„Es reicht, Kiesewetter. Es reicht für heute."

5 Jahre später.

Kurt Schubert stöhnte auf, als er sich sein Unterhemd anzog. Es scheuerte auf den noch immer leicht blutenden Brustwarzen, und die Striemen auf seinem Rücken schmerzten auch höllisch. Die Tür ging auf, und Heike Dettmer kam herein. Sie setzte sich auf einen Stuhl, schlug ihre endlos langen Beine übereinander, und beobachtete ihn beim Anziehen mit ihren katzengrünen Augen.

Wieder stöhnte er leicht auf, als er sich zu seinen Schuhen hinab beugte. Ein leichtes Lächeln umspielte Heikes Mund. Sie beugte ihren Oberkörper nach vorne und stütze sich mit dem Ellenbogen auf ihrem Knie ab. Damit gab sie einen großzügigen Einblick in ihr Dekolletee frei, das Schubert jedoch gänzlich kalt lies.

„Wie geht es Dir?" fragte Heike mit einer Stimme, die nicht nur Schubert erotische Tagträume bescherte, wenn sie sprach. Doch auch das ließ ihn jetzt unbeeindruckt und er sagte nur:

„Wie immer. Hervorragend."

Heike lehnte sich wieder zurück, strich sich mit dem rechten Zeigefinger eine Haarsträhne ihrer feuerroten Kurzhaarfrisur aus der Stirn und meinte zufrieden: „Na, dann ist es ja gut."

Sie hatte also wieder einmal einen perfekten Job hinbekommen, dachte sie und blickte dabei versonnen auf ihren rechten Schuh, den sie an ihren Zehen baumeln lies,.

„Lass das bitte, ich muss doch los," sagte Kurt Schubert zu ihr.

Als Lady Sadika war sie in den besseren Kreisen Hamburgs der Geheimtipp. Und alle kamen. Die Namenlosen und die Prominenten. Die Herren der feinen Gesellschaft und die, die glaubten, dazu zu gehören. Politiker, Direktoren, Senatoren, Bankvorstände, die Liste ihrer Kunden war das who is who von Hamburg und Umgebung.

Heike war inzwischen die speziellen Wünsche dieser Herren gewohnt und es machte ihr nichts mehr aus, wenn sie zum Beispiel Kurt Schubert mit ihren langen, gelenkigen Zehen fast in den Wahnsinn treiben konnte. Im Gegenteil, das machte ihr spaß, und so packte sie die Gelegenheit beim Schopf. Sie fragte ihn mit einer Unschuldsmiene:

„Was soll ich denn lassen?". Heike gab gas, der Schuh wurde durch die Schaukelbewegungen schneller vor und zurück geschwungen, das man glauben musste, er habe ein Eigenleben entwickelt. Aber er blieb wo er war, an ihren Zehen.

„Das weißt du ganz genau", sagte er, blitzschnell war er zu ihr hin gerobbt. Mit einem gierigen Blick auf den „Schaukelschuh" fuhr er fort:

„Gib ihn mir, jetzt, ... bitte."

„Du bist ja heute unersättlich, mein kleiner Fußsklave. Aber eines sollten wir doch vorab klären...."

„Nun fange blos nicht an, von deiner Kohle zu reden. Du bekommst alles, wie bisher,...das hier läuft unter Sonderbetreuung,"

„Ist ja schon gut," sagte sie zu ihm, „ das gleiche gilt umgedreht genauso. Du bekommst auch alles, wie bisher." Ohne eine Antwort von ihm abzuwarten, löste sich der Schaukelschuh von ihrem Fuß. Sie setzte diesen sofort so in sein Gesicht, sodass Nase und Mund teilweise bedeckt waren.

„Los, atme jetzt tief ein. Genieße den Duft meiner göttlichen Füße." Er tat, wie Sie ihm „befohlen" hatte. Kurz darauf folgte ihr zweiter Fuß, der sich seinen Weg in seinen Mund erzwingen wollte.

„Laß mich da hinein," kommandierte sie mit strenger Stimme, dabei erhöhte sie den Druck ihres Fußes, bis er den Weg endlich freihatte. Dort angekommen, fingen ihre Zehen an, sich in seinem Mund zu bewegen. Die Reaktion von Schubert ließ nicht lange auf sich warten, ein wissendes Lächeln umspielte ihre Mundwinkel. Das war wieder einmal leicht verdientes Geld für sie.

Dabei war es ihr egal, wie es dazu kam, Hauptsache die Kasse klingelte bei ihr. Obwohl, so wie jetzt gerade jetzt ablief, war es für sie sehr bequem und ein angenehmes Geschäft. aber auch die härtere Form fand bei der Klientel seine Berechtigung.

Mit den spitzen Absätzen ihrer High Heels auf der Brust stehend ihre Brustwarzen blutig zu treten war für sie mittlerweile fast Tagesgeschäft. Die Schreie ihrer Kundschaft ließen sie dabei kalt. Es war ihr Job, mehr nicht. Im Gegenteil, irgendwie machte es ihr sogar Spaß, eine solche Macht in diesen Minuten zu besitzen. Wenn international bekannte Vorstandsvorsitzende oder integre Landtags- oder gar Bundestagsabgeordnete winselnd vor ihr auf dem Boden lagen, ihr die Stiefel oder Pumps leckten und um immer härtere Schläge bettelten, oder von ihren langen Zehen nicht genug bekamen, und sich fast übergaben, so tief rammte sie manchmal ihren Fuß den Rachen ihres „Opfers"

Am nächsten Tag fabulierten genau diese Männer im Fernsehen über Anstand und Moral.

Gewiss, so war sie nicht immer. Einst fing sie mit diesem Gewerbe in einem kleinen Apartment in Hamburg Kirchwerder mit einer Kollegin an. Ziemlich unbedarft war sie am Anfang. Aber rasch bekam sie Routine mit den Freiern und genoss das leicht verdiente Geld. Von einem Zuhälter blieb sie verschont. Bis heute weiß sie nicht, warum sie so viel Glück hatte auf diesem Gebiet. Dann eines Tages, vor etwa sechs Jahren, kam zum ersten Mal Kurt Schubert zu ihr. Er war es, der sie Schritt für Schritt zu dem machte, was sie heute war. Eine knallharte, gnadenlose Domina.

Sie erinnerte sich noch ganz genau an diesen Tag. Es war ein Kundenbesuch wie immer. Beim Verabschieden sagte sie die übliche Floskel, er soll mal wieder reinschauen, wenn er in der Nähe sei. Den Blick wird sie wohl nie vergessen, als er zu ihr sagte:

„Wir sehen uns wieder. Ganz gewiss." Er kam fast jede Woche zu ihr. Immer die gleichen Wünsche, immer eine großzügige Bezahlung. Doch nach dem fünften Besuch ging er nicht gleich, sondern fragte sie:

„Könntest Du Dir vorstellen, hier raus zu kommen?" Sie dachte an die immer wieder vorkommende Gefühlsduselei einiger Freier, sie aus diesem Sündenbabel erretten zu wollen. Da sie ihn nicht brüskieren wollte, fragte sie nur vorsichtig:

„Wie meinst Du das?"

„Ich möchte Dir ein Geschäft vorschlagen, mit dem wir uns beide die Taschen voll machen können?"

„Und wie soll dieses Geschäft aussehen?" fragte sie, ihr aufkeimendes Interesse verbergend.

Er erzählte ihr von einem kleinen Ort mit dem Namen Winkelsorf, von einem Landwirt namens Knut Harms, von einem Haus, das dieser zu vermieten versuche und von seinen Überlegungen.

Wenigen Wochen nach diesem Gespräch unterschrieb Heike Dettmer im Wohnzimmer des Bauern Harms in Winkelsdorf einen Mietvertrag in Anwesenheit seiner Frau zu einem für ihn bis dahin unvorstellbaren hohen Mietzins. Schubert hatte den Deal eingefädelt und ihm geraten, seine Forderungen hoch anzusetzen. Die Modellagentur musste wohl sehr gut laufen, dachte sich Harms, und war Schubert für den Tipp und dessen Unterstützung sehr dankbar. Nur seine Ehefrau beobachtete diese Dame misstrauisch, konnte aber noch nichts entdecken, das dieses Misstrauen rechtfertigte. Es dauerte nur Tage, da besuchte Harms Heike Dettmer regelmäßig, weil sie ständig Fragen hatte und Hilfe benötigte. Die gewährte er der zarten, allein stehenden Frau gerne. Nicht lange dauerte es, und Heike „bezahlte" Knut Harms mit den Naturalien ihres ursprünglichen Gewerbes. Und nicht lange dauerte es, dass Kurt Schubert diese Affäre entdeckte, weil er eine rein amtliche Frage an Heike hatte und „ganz zufällig" die Beiden in einer mehr als eindeutigen Situation erwischte. Fatal, dass der Gutshof Harms Frau gehörte, und Harms ruiniert wäre, wenn dieser Fehltritt ans Tageslicht kommen würde. Schubert jedoch zeigte sich kumpelhaft verständnisvoll.

Erst nach ein paar Wochen ließ er die Katze aus dem Sack. Die Eichauen seien doch Grund und Boden, die Harms gehören.

Wenn man dort ein Industriegebiet…

Niemals, denn es gäbe seltene Pflanzen dort, war die ablehnende Antwort von Harms. Recht schnell schwenkte er jedoch um, als ihm Schubert klar machte, dass dies der Preis für sein Schweigen war. Heike führte nun ganz offen ihre Modellagentur als Studio, und wurde so zur Persona non grata, die Schubert höchst persönlich vehement verfolgte und unter dem Beifall vor allem der weiblichen Mitbürger aus seinem kleinen Dorf jagte.

Schnurgerade führte danach Schuberts Weg erst zur Wiederwahl als Bürgermeister und dann in den Schleswig-Holsteinischen Landtag, wo er sich rasch einen guten Namen als Saubermann und als ein über alle Verfehlungen erhabener Abgeordneter profilierte. Für die kommende Legislaturperiode hatte er sogar beste Chance auf das Amt des Präsidenten des Landtages. Eine Traumkarriere. Ein Vorzeigemitglied der Gesellschaft.

Wer so hart arbeitet, braucht auch seinen wohlverdienten Urlaub.

Das dieser, wie noch unzählige weitere Annehmlichkeiten des täglichen Lebens, durch beträchtliche Summen eines Schweizer Nummernkontos gedeckt wurde, blieb unter dem Mantel des Schweigens verborgen.

Für einen Chemiekonzern galt, dass man seine Dankbarkeit, ein Werk zur Produktion von Farben und aggressiven Chemikalien im Industriegebiet von Winkelsdorf errichten zu können, nicht an die große Glocke hängt, sondern mit Danksagungen direkt auf das eben beschriebene Schweizer Konto ausdrückte. Der Vorstandsvorsitzende, ein Duzfreund von Schubert, war außerdem Stammgast bei Lady Sadika. Diese hatte vom Geldsegen, den sie von besagtem Konto für ihre gezeigte Kooperationsbereitschaft erhielt, ein nagelneues

Studio in bester Lage in Hamburg eröffnete. Schubert genoss dafür, so war der Deal, ihre Dienstleistungen zum Nulltarif.

Alles lief bestens.

Heike war dankbar für Schuberts Großzügigkeit. Bauer Harms hatte selbstverständlich gerne und völlig freiwillig 50% der Entschädigungssumme auf Schuberts Nummernkonto überwiesen. Seine Mordphantasien dabei stellte er zurück, weil seine Frau noch immer nichts von seinem Fehltritt wusste, der aber über ihm hing wie ein Damoklesschwert. Zudem blieb ihm knapp eine Million für das riesige Gebiet, auf dem nun das Gewerbegebiet existierte.

Alle waren also mehr oder weniger zufrieden, oder mussten es sein.

Heike Dettmer schwamm im Geld, denn bis auf Schubert zahlten die Herren exorbitante Honorare für ihre Dienste und konnten sich auf äußerste Diskretion verlassen. Schubert machte Karriere, schwamm auch im Geld und war angesehen, wie kaum jemand im Land. Eigentlich war doch alles in bester Ordnung, oder?

Naja, nicht ganz. Als ein Herr Kiesewetter aus dem kleinen Örtchen Winkelsdorf seine Nase zu tief in delikate Angelegenheiten steckte, hatte er einen mysteriösen Autounfall, den er nicht überlebte. Und Knut Harms ... nun, den fand man eines Tages an einem Strick baumelnd in seiner Scheune. Seine Frau hatte von seinem Fehltritt erfahren, als sie in Zusammenhang mit dem Verschwinden einer beträchtlichen Summe bei der Veräußerung der Eichauen recherchierte. Wer ihr die CD mit dem heimlich gefilmten Fehltritt ihres Mannes zugespielt hatte, blieb im Dunkeln.

Kurt Schubert senkte in Demut seinen Kopf, als der Pfarrer in der sonntäglichen Predigt in Winkelsdorf eine Randbemerkung zu Knut Harms machte. Eine kleine Randnotiz in der lokalen Presse war dann die letzte Spur, die Knut Harms auf dieser Welt hinterließ.

Kurt Schubert erwies Knut Harms die letzte Ehre bei seiner Beerdigung und zeigte sich tief erschüttert. Jeder im Ort sah ihm an, wie sehr ihn dieses Schicksal betroffen machte und mitnahm.

Wie verzweifelt muss ein Mensch sein, sagte er sichtlich mit den Tränen kämpfend, einen solchen Schritt zu machen.

So war er nun mal und ist es noch bis heute, der Kurt Schubert ist und durch ein Ehrenmann und mitfühlender Freund und Gönner aller Menschen.

Intensive Betreuung zur WM

„So sind die Preise nun mal. Dabei sind wir nichts anderes als Dolmetscher. Man muss die Sprache derer sprechen, mit denen man sich verständigen will. Und die einzige Sprache, die diese Typen verstehen, ist IHRE ist Gewalt. Nun, Sie werden sehen, wir können diese Sprachen fließend."

Einige Sekunden starrte der Mann ins Leere. Nur wer ihn gut kannte wusste, dass hinter seiner Stirn ein emotionsloses Gehirn rasend schnell präzise Fakten gegeneinander abwog. Dann nickte er mit seinem Charakterkopf, der ihm unterstützt durch die gepflegten, durch und durch ergrauten, schütteren Haare das seriöse, vertrauenserweckende Image eines Gentlemans gab. Seine Augen fixierten sein Gegenüber durch die modische Brille, als er sagte:

„Ich denke, sie haben Recht. Die WM darf kein Misserfolg werden."

„Heißt das, sie geben uns...", fragte der Mann, doch die erhobene rechte Hand des Gentlemans schnitt ihn das Wort ab.

„ICH gebe gar nichts", sagte er. „Wenn ich auch nur mit einer Vermutung irgendeiner Seite mit all dem in Verbindung gebracht würde, käme sie dies teuer zu stehen."

„Wenn unsere Forderungen von welcher Seite auch immer, nicht erfüllt werden, dann hätte dies für sie ganz persönlich erhebliche Konsequenzen. Sie kennen nur einen Teil unserer Möglichkeiten."

"Ach was", sagte da der Gentleman mit einer wegwerfenden Handbewegung, „weshalb drohen wir uns hier gegenseitig? Wir haben beide das gleiche Ziel. Die WM muss ein Erfolg werden und in Ruhe über die Bühne gehen. Sie erhalten dafür eine mehr als fürstliche Prämie."

„Und sie ernten den Applaus und ein stattliches Salär dazu, oder?"

„Na, warten wir es ab. Also, was ist, sind wir uns einig?"

„Von unserer Seite ja", sagte der Mann, der sich sichtlich entspannte. Wie sein Gegenüber war auch er im feinsten Zwirn gekleidet. Teure, handgemachte Schuhe und eine Breitling am Handgelenk rundete das Bild des erfolgreichen Geschäftsmannes ab. Schließlich war er in diesem Moment dabei, einen Deal abzuschließen, der ihm eine hohe zweistellige Millionensumme garantieren würde.

„Gut. Sobald wir von ihnen die verbindliche Liste mit allen Namen haben, erhalten sie im Gegenzug auf ihr Schweizer Bankkonto dreißig Millionen für ihre Auslagen, Unkosten und als Vorschuss. Jeweils zehn Millionen in Euro, in Dollar und in Schweizer Franken."

Ein Nicken bestätigte diese Worte.

„Wie umfangreich wird die Liste sein?"

„Für Deutschland oder ganz Europa?"

„Erst nur Deutschland. Italien, Holland, England und die anderen nehmen wir uns später vor, wenn wir erste Erfahrungen gesammelt und ernsthaftes Interesse bei unseren Partnern geweckt haben."

Der Mann überlegte kurz und sagte dann:

„Ich schätze, es sind circa 2500 Personen, die wir aus der sogenannten C-Gruppe, die rund 6000 Personen umfasst, ausgewählt haben. Wenn diese abgearbeitet sind, ist nichts mehr so, wie es war, glauben sie mir. Dann können wir in Ruhe den Rest analysieren und wenn nötig bereinigen."

„Sie erhalten für jeden abgearbeiteten Fall, der nachweislich durch sie betreut wurde, jeweils weitere 6000 Euro. Das wären bei vollständiger Erfüllung weitere....äh."

„15 Millionen."

„Richtig. Wir zahlen in Raten nach jeweils 100 abgewickelten und belegten Fällen."

„So haben wir es vereinbart. Richtig."

„Dann machen wir das jetzt perfekt."

Dabei streckte der Gentleman seinem Gegenüber die Hand entgegen. Dieser ergriff sie und drückte sie fest.

„Ich gehe davon aus, dass wir auf eine schriftliche Fixierung dieser Vereinbarung verzichten können, oder?"

Der Gentleman lächelte nur dünn und machte eine einladende Bewegung zur Wagentür mit den Worten:

„Ich wünsche uns ein gutes Gelingen."

Mit einem kurzen, zustimmenden Nicken verließ der Mann die dunkle Limousine und stieg in den nebenan stehenden Wagen. Sein Chauffeur warf noch einen prüfenden Blick in die Runde, stieg dann ein und gab gemächlich Gas.

Der Gentleman blickte noch einen Moment vor sich hin. Dann nahm er sein Handy und wählte eine Nummer. Nach einer kurzen Wartezeit sagte nur:

„Es läuft."

Dann unterbrach er die Verbindung und wies seinen Chauffeur an, ihn zurück in die Stadt zu fahren.

Thorsten Ditzsch ging zu seinem Golf, Baujahr 91, schloss ihn auf und setzte sich hinter das Steuer. Er stöhnte etwas auf, denn die Prellung an seinen rechten Rippen machte sich bei fast jeder Bewegung bemerkbar. Das sind nun mal Dinge, die man einstecken muss, wenn man als echter, harter Kerl in der SC-Fankurve steht und die Anhänger der gegnerischen Mannschaft so richtig aufmischt. Und er, Thorsten, war stolz darauf, als mutiger Kämpfer von allen bewundert zu werden. Er hielt die Gruppe zusammen, er trieb sie voran. Zuletzt beim Aufeinandertreffen mit den Fans von Energie Cottbus. Nun war er auf dem Weg zu einem Treffen mit seiner Kameradschaft nach Kreischa vor den Toren Dresdens, um die kommenden Aktionen zu besprechen. Als er an der Ampel in Niedersedlitz warten musste, bemerkte er einen Wagen hinter sich, der Scheinwerfer und Nebelscheinwerfer eingeschaltet hatte. Nervös lies der Fahrer, der durch die herabgeklappte Sonnenblende nicht zu erkennen war, seinen Motor aufheulen. Als es grün wurde, fuhr Thorsten los, dicht gefolgt von seinem Hintermann. Nach nur wenigen Metern versuchte dieser zu überholen, was jedoch aufgrund des Gegenverkehres unmöglich war. Thorsten gab Gas. Der hinter ihm fahrende tat dasselbe und klebte ihm fast an der Stoßstange.

Kaum war die Straße frei, setzte der Verfolger wieder zum Überholen an. Thorsten witterte nun eine gute Chance auf eine Auseinandersetzung. Den würde er nicht überholen lassen. Er gab Gas und fuhr schneller, und schneller, immer schneller. Die Straße wurde kurvenreicher. Nur mühsam hielt er seinen Wagen auf der Straße. Ihm kam nicht in den Sinn zu bemerken, dass der Hintermann ihn aufgrund der überlegenen

Motorleistung seines BMW's locker hätte überholen können. Er verspürte auch nur Hass und Wut, als dieser Wagen ihn bei hoher Geschwindigkeit zum ersten Mal von hinten leicht touchierte, als sie sich einer Kurve näherten. Die hohe Geschwindigkeit ließ ihm auch keine Zeit mehr zu erkennen, dass der auf ihn zuschießende Baum nach dem Versagen seiner Bremsen sein Ende sein wird. Wie auf wundersame Weise riss beim Aufprall auch noch der Sicherheitsgurt aus der Verankerung. Thorsten wurde Sekundenbruchteile später durch die Windschutzscheibe direkt mit dem, was von seinem Kopf bis dahin übrig geblieben war, gegen den Baum geschleudert.

Der Verfolger stoppte nach einer Weile in einem Feldweg. Er stieg aus und entfernte vorne und hinten Folien von seinem Nummernschild, die seinen Wagen bis dahin als ein in Dresden zugelassenes Fahrzeug ausgewiesen hatten. Er rauchte in Ruhe zwei Zigarette und kehrte dann mit Hamburger Kennzeichen am Wagen langsam zur Unfallstelle zurück. Er hielt einige Meter entfernt und ging langsam auf das Wrack zu, bei dem mittlerweile drei Autos angehalten hatten.

„Kann ich helfen?" fragte er.

„Nein", sagte einer der Männer, die um das Wrack herumstanden.

„Wir haben schon die Polizei benachrichtigt. Und der da braucht keine Hilfe mehr."

Unbemerkt von den Leuten machte der BMW Fahrer mit seinem Handy ein Foto von der Leiche und dem Autowrack. Er ging er wieder zu seinem Wagen und fuhr davon. In Dresden angekommen, stoppte er am Straßenrand. Er wählte eine Nummer, wartete und sagte: "Ich sende den Beleg für Nummer eins."

Danach schickte er das soeben gemachte Foto mit einem Tastendruck an die gleiche Nummer.

Auf der anderen Seite wurde hinter dem Namen Thorsten Ditzsch ein Haken gemacht.

Tage zuvor hatte man dem Auftraggeber mitgeteilt, dass innerhalb der nächsten drei Tage ein Herr Thorsten Ditzsch einen tödlichen Verkehrsunfall haben wird. Dorthin sendete man nun das Belegfoto mit dem Vermerk, bei welcher Polizeidienststelle der Fall offiziell bearbeitet wird. Nach wenigen Tagen wurde auch beim Auftraggeber der Name Thorsten Ditzsch abgehakt.

Vier Wochen später erhielt der Gentleman einen Anruf auf seinem Privathandy. Er erkannte sofort die markante Stimme des Mannes, der Partner seines Handschlagvertrages war.

„Die erste Rate ist fällig. Sie wollten darüber informiert werden."

„Ich möchte die erste Liste sehen. Kommen sie heute Nachmittag zu unserem Treffpunkt."

„Kein Problem. Wann?"

„Fünfzehn Uhr."

Ohne eine weitere Antwort wurde das Gespräch beendet.

Nachdem die Wagentür geschlossen war, sagte der Gentleman:

„Erst vier Wochen und schon sind hundert Fälle erledigt?"

„So ist es."

Ein Laptop wurde aufgeklappt. Nach ein paar Anschlägen auf der Tastatur erschien auf dem Bildschirm das Bild eines vollkommen zerfetzten Wagens, der offensichtlich mit großer Wucht gegen einen Baum gerast war. Die grässlich zugerichtete Leiche des Fahrers mit dem Wappen von Dynamo Dresden auf seinem Rücken, war deutlich zu erkennen.

„Überlegen sie es sich, ob sie sich das alles ansehen wollen. Es sind schlimmere Bilder dabei." Der Gentleman hob den Computer zu sich herüber und legt ihn auf seine Knie.

Fein säuberlich war neben der Unfallszene ein Bild der Person zu Lebzeiten in die Seite eingeklinkt. Darunter las man Name, Wohnort und Todesort, Datum und Todesart.

Der Gentleman begann zu scrollen. Seite für Seite betrachtete er und tatsächlich drehte sich ihm mehr als einmal der Magen dabei um.

Allesamt waren es Unfälle, meist Arbeitsunfälle. Da stürzten Fensterputzer wegen defekter Sicherheitsgurte aus großer Höhe in den Tod, Elektriker verschmorten an Hochspannungsleitungen, Lagerarbeiter wurden von herabfallenden Paletten oder anderen Materialien erschlagen, Gerüstbauer und Dachdecker stürzten tödlich ab, Schlachthofmitarbeiter erfroren in Tiefkühlkammern. Alle Arbeitsunfälle waren über ganz Deutschland verteilt. Unfälle gleicher Berufsgruppen fanden stets in unterschiedlichen Bundesländern statt.

Auch in der Freizeit wurde das Leben bestimmter Personengruppen in Deutschland seit vier Wochen extrem gefährlich. Brückenpfeiler, Bäume, Mauern und Masten beenden die rasende Fahrt von insgesamt vierundzwanzig Personen. Sechs ertranken in ihren Fahrzeugen beim Versuch, einen Fluss ohne Brücke zu überqueren. Drei rutschten in der Sauna aus und schlugen unglücklich mit dem Kopf auf, weitere neun Personen verunglückten auf unterschiedlichste Weise in

Schwimmbädern. Sechs Opfer forderten Unfälle mit einfahrenden Zügen in Bahnhöfe, elf starben an einer Lebensmittelvergiftung, dreiundzwanzig an einer Alkoholvergiftung und sieben an einer Überdosis Heroin. Fast am Ende angekommen runzelt der Gentleman die Stirn. Ein sogenannter Fan von Eintracht Frankfurt wurde von einer Horde sogenannter Fans von Kickers Offenbach zu Tode geprügelt. Fragend sah er sein Gegenüber an.

„Auch das waren wir", sagte dieser.

„Keine Angst, es ist alles ordnungsgemäß dokumentiert und diese Behandlung wurde wie alle anderen Aktionen zwei Tage vorher präzise angekündigt und beschrieben."

„Aber das wird Krieg geben in Frankfurt", sagte der Gentleman.

„Richtig, genau das wollen wir. So locken wir alle aus ihren Löchern. Wir erfassen und markieren sie, erforschen und vernichten sie, sobald sie laut Liste an der Reihe sind. In anderen Regionen, in Dortmund, Gelsenkirchen, Cottbus, Dresden, Berlin, Nürnberg, München, usw. gehen wir ähnlich vor."

Der Gentleman spitzte die Lippen und nickte zustimmend.

„Sehr gut, wirklich sehr gut", sagte er.

„Wie lange wird das noch so funktionieren?"

„Wir rechnen damit, dass es sich nach den nächsten zweihundert Abgängen in der Szene herumspricht, dass irgendetwas nicht in Ordnung ist. Allerdings sind sie dann schon ihrer Führungsfiguren beraubt, denn die erledigen wir zurzeit systematisch. Hinzu kommt, dass sie nicht wissen, von welcher Seite die Gefahr droht.

Nach zweihundert Beseitigungen fangen wir an, Gerüchte zu streuen. Sie werden wissen, dass es eine

Geheimorganisation gibt, die diese Brut im Fadenkreuz hat. Kurzzeitig wird sich die Gewalt erhöhen. Es werden höchstwahrscheinlich auch unbeteiligte Personen in Mitleidenschaft gezogen. Diese Kollateralschäden müssen wir für einen kurzen Zeitraum in Kauf nehmen. Aber dann werden die Kerle wissen, dass sich für jedes unbeteiligtes Opfer, und wenn es nur Verletzte sind, zwanzig von ihnen verabschieden müssen. Und die Liste mit den Namen, mit ihren eigenen Namen, werden sie in Händen halten. Wenn sie dann sehen, wie sich ihre Reihen immer mehr lichten, wie die Haken auf der Listen dem eigenen Namen immer näher kommen, dann kommt das große Zähneklappern, da sie noch immer nicht wissen, wer hinter all dem steht.

Sie werden sich vermummen, um nicht erkannt zu werden und in den Stadien weiter Terror machen. Wir werden dann mit Präzisionsschützen in den Stadien gezielt einzelne Leute in den Fankurven auslöschen. Ein bis zwei Kopfschüsse pro Spiel dürften zur Abschreckung ausreichen."

„Um Himmels Willen", sagte der Gentleman, „sie sind wahnsinnig. Die Polizei wird...."

„Ich? Wahnsinnig?" er lächelte überheblich.

„Ich mache nur meinen Job. Und den mache ich gut, das weiß ich. Ich werde ihn erfüllen, weil wir bei der Polizei Gönner in allerhöchsten Positionen haben. Oder denken sie, dass es dieser Berufsgruppe in der Vergangenheit Spaß machte, sich von diesen Chaoten verprügeln zu lassen. Für jeden Polizisten, den es in dieser heißen Phase erwischen sollte, werden wir fünfzig Typen von der Liste aussuchen und deren Vernichtung in der Szene ankündigen. Verteilt über ganz Deutschland."

„Aber sie können doch nicht auf ewig weitermachen mit diesem, diesem Morden!!"

„Morden? Waren nicht SIE es, der den Auftrag und seine Zustimmung gab? Natürlich werden wir nicht ewig weiter machen. Sobald es zwei aufeinander folgende Spieltage ohne Ausschreitungen im Deutschen Fußball gibt, ist der Spuk vorbei. Doch er erwacht wieder, wenn es irgendwann erneut Ausschreitungen geben wird. Aber, glauben sie mir, die wird es nicht mehr geben. Der Schock und die Angst wird zu tief sitzen."

„Aber was machen sie, wenn sich die Gewalt von den Stadien in die Städte und auf die Straße verlagert."

„Wie schon gesagt, wir haben sehr effektive Mittel und Weg diese Typen mit modernsten elektronischen Geräten zu beobachten. Niemals werden wir offen auftreten. Wir beobachten sie, speichern sie in unsere Datenbank ab, katalogisieren und arbeiten dann ab. Da in der heißen Phase jeder wissen wird, dass es da jemand gibt, der Abschaum auslöscht, können wir auch unkomplizierter vorgehen. Die Presse wird sowieso darüber berichten und wir werden die Boulevardblätter auch gezielt informieren. Keine Unfälle mehr, die rein zufällig geschehen, sondern gezielte Kopf- oder Genickschüsse. Wir haben Möglichkeiten, sie überall zu erwischen, denn wir wissen, wer sie sind, wo sie sich aufhalten, wo sie wohnen. Es kann sie im Bett, beim einkaufen oder beim scheißen erwischen. Sie wissen nie wann, aber wir kriegen alle. Und was denken sie, wird die Bevölkerung dazu sagen, wenn wir dieses Ungeziefer vernichten? Drei Mal dürfen sie raten. Ähnlich könnte man mit Chaoten verfahren, die regelmäßig zu Straßenschlachten an bestimmten Tagen mobilisieren."

Beide schwiegen nun für einige Minuten.

„Kann ich davon eine....“
Ein Druck auf den seitlichen Knopf entriegelte das CD-Laufwerk.
„Hier, bitte, habe ich gleich für sie als Beleg gebrannt. Ok?“
„Sie denken wohl an alles?“
„Ich mache nur meinen Job“, sagte er.
„Das Geld geht umgehend an sie raus“, sagte der Gentleman.
Mit diesen Worten trennte man sich.

In den Monaten danach stachen die Mitglieder der Organisation wie Wespen zu. Ohne Vorwarnung wurde einer der Hooligans nach dem Anderen unter dem immer stärker werdenden Applaus der Bevölkerung beseitigt. Unverbesserliche Politiker, die mit krankhaftem Toleranzfetischismus das Land fast in den Ruin getrieben hatten, hoben zwar immer wieder mahnend den Zeigefinger. Aber zum Glück hörte niemand mehr auf diese ewig gestrige Achtundsechziger- und Nachfolgegeneration der antiautoritären Müslierziehung. Längst wurde die Polizei rasch Herr jeder brenzligen Situation, da sich keiner der Chaoten mehr traute, auch nur eine Hand gegen einen Polizisten zu heben. Trotzdem prügelten sie weiterhin auf ihresgleichen in den Stadien ein. Doch als dann immer wieder Personen aus ihrer Mitte mit einem explodiertem Schädel zusammenbrachen, kehrte nach und nach Ruhe ein. Die Schützen wurden nie gefasst, zumal sie aus großer Entfernung mit ihren Spezialwaffen und -munition operierten und ausgerüstet mit Präzisionszielfernrohr und Schalldämpfer nicht den Hauch einer Spur hinterließen.

In Italien, den Niederlanden, Großbritannien, Schweiz, Spanien und Portugal wurde mit der gleichen Methode durch diese intensive Betreuung der sogenannten Fans für Ruhe und Frieden in den Stadien gesorgt.

Die friedliche WM konnte beginnen.

.

Zeitfracht Medien GmbH
Ferdinand-Jühlke-Straße 7
99095 Erfurt, Deutschland
produktsicherheit@kolibri360.de